目 录

谢谢你,西武大津店!	1
我们来自膳所	37
楼梯处不奔跑	79
线的连接	115
出发吧,密歇根号!	153
心动江州音头	185

谢谢你,西武大津店!

"岛崎，我想把这个夏天献给西武。"

七月三十一日，第一个学期的最后一天，在放学回家的路上成濑朱莉又说出这么一句古怪的话。成濑这个人总是怪怪的。这是我近距离观察她十四年成长经历后所下的结论，所以肯定是没错的。

我，岛崎美雪，和成濑出生在同一个公寓。从上木通私立幼儿园开始，成濑就展现出了和其他人的不同。她跑得比谁都快，画画、唱歌也非常出色，平假名和片假名都写得很正确，运用得很熟练。大家都对她赞不绝口，都说"朱莉太厉害了"。她并没有因此变得自大，而是表现得很超然的样子。我为和成濑住在同一个公寓而感到自豪。

但是，随着年龄的增长，成濑开始被同龄人孤立。因为她自己一个人就可以做所有的事情，所以她给人一种难以接近的感觉，尽管这并非她的本意，却无形中给了周围的人一种距离感。

到了小学五年级，成濑被班里女生们明显地排斥在外。我虽然和她在一个班级，但是为了明哲保身，我并没有站出来保护成濑。

有一天，我在公寓的入口处碰到成濑，她拖着一个大大的行李正要往外走。我觉得假装没看见也不太礼貌，于是问她："你去哪里啊？"成濑回答道："岛崎，我要吹出最完美的肥皂泡！"说完就出去了。几天后，我在电视上看到了成濑，她上了一个地方台傍晚播出的《周游特别节目》。节目中，天才肥皂泡少女成濑吹出了一个巨大的，如同富人养的宠物狗一般大的肥皂泡。成濑向采访她的记者讲解道："想吹出这样的大泡泡，关键是得把肥皂液的比例调配好。"第二天，班里一些女同学围住了成濑，似乎被那梦幻般的肥皂泡魔法所吸引。放学后，成濑便给同学们开了一个"肥皂泡课堂"。

现在已经是初中二年级，成濑仍然毫不在意他人眼光，过着随心所欲的生活。因为现在和她不在一个班级里，所以我不了解她平时的样子，但是好像没有人明面上欺负她。据说在田径部，她只专注于跑步。

我和她住在同一个公寓，所以我每天都和她一起上下学。

"你说要把夏天都奉献给西武？"

"嗯。我每天都去西武。"

我明白成濑的意思。西武大津店，是我们住的大津市内唯一的百货商场，它将于一个月后的八月三十一日永久关闭。据说那里的建筑物将会被拆除，然后建造出一个新公寓。这座营业了四十四年的商场要从历史舞台上消失了，这里的居民都感到很痛心。

我小时候就经常去这个商场。它里面入驻着Pantry[1]、无印良品、Loft[2]、双叶书房等店铺，和京都的高档百货商场相比，这里更物美价廉。

因为距离自家公寓步行只有五分钟的距离，所以从小学开始，孩子们就被大人们允许可以单独去往那里。

成濑的父母都是滋贺县[3]本地人，似乎对西武大津店的感情很深。成濑的母亲恰好是西武大津店开张的那一年出生的，只要有购物需求她就会从老家彦根到西武大津店去。据说购买现在这个公寓的决定性因素也是因为它离西武大津店很近。

相反，我的父母都不是滋贺县人。他们不像滋贺县民们对西武、平和堂以及西川贵教[4]等抱有那种特殊情感。出生于横滨的妈妈更是露骨地表达过对滋贺的轻视，她曾说"如果滋贺连西武都没有了，不就什么都没有了"，她好像没有把西武旁边的欧米大津店算入商业设施里去。

成濑对我说："到八月份，《周游特别节目》就会

---

1 Pantry是日本一个连锁食品超市品牌。——编者注
2 Loft也是日本一个零售连锁品牌，以销售生活用品、文具、家居装饰等商品而闻名。——编者注
3 日本的县是一级行政区，相当于中国的省。大津市就在滋贺县内。——译者注
4 西武和平和堂都是创立于滋贺县的连锁百货公司。西川贵教是日本音乐人、歌手、作词家、演员、配音演员，滋贺县野洲市人。——译者注

在西武大津店现场直播了，而且每天都会有我的镜头，所以岛崎你每天都要帮我盯着电视哦。"

《周游特别节目》是县内唯一的地方电视台——琵琶湖电视台每天从十七点五十五分到十八点四十五分播放的节目。虽说是每天播放，但是周六日及节假日休息，所以每个月的播放次数大概是二十次。

"盯着电视当然可以，但是不用录下来吗？"

"不能为这点事儿浪费硬盘容量。"

我倒认为这是值得保存的内容，所以我不太理解成濑的判断标准是什么。

"我也不能每天都看哦。"

"能看的时候看就可以了。拜托啦。"

讲义气的我一回到家，就从电视的节目单上预约了周一的《周游特别节目》。看成濑的节目我义不容辞。

成濑总是说大话。她在小学毕业文册上写自己的梦想是"活到两百岁"。我以为她是要通过冷冻保存技术或人体改造等科技手段活到那个岁数，结果她只是想以普通老奶奶的状态活到两百岁。我忍不住对她说，吉尼斯世界纪录的最高寿命才一百二十二岁，两百岁会不会太难了。她平静地回答道："到那时，包括你在内，我们都已经离开这个世界了，谁还会知道我是否真的活到两百岁了呢。"

我想如果不能亲眼见证成濑朱莉的一生，那将多么遗憾，所以我决心要尽我所能，一直陪伴在她的身边，见证她的一生。

最近，成濑又宣布她的期末考试成绩目标是满分500分。结果她得了490分。虽然没有实现既定目标，但成濑并没有气馁。她说，说了一百个大话，只要实现了其中一个，大家就会认为你很厉害。因此，重要的是平时要敢于说出宏大的目标。我问，那这跟吹牛有什么区别，她思索了一会儿，说："好像没什么区别。"

八月三日是现场直播的第一天，虽然我事先预约了节目，然而离节目开播还有五分钟，我就已经坐在沙发上迫不及待地打开电视等待了。

我上一次正儿八经地观看《周游特别节目》还是在小学五年级，自那之后就再也没有好好看过，因为我平时对它并不感兴趣。看"天才肥皂泡少女"那期，是因为我们学校接受了采访，所以放学时老师通知我们："今晚，成濑同学将亮相琵琶湖电视台的《周游特别节目》，大家可以回家观看哦。"我曾以为除了我不会有多少人关注这个节目，但第二天，我震惊地发现同学们都在热议昨晚的内容。

十七点五十五分，《周游特别节目》拉开了帷幕。

伴随着略微嘈杂的背景音乐，屏幕上出现了《周游特别节目》的大标题，赞助商的名称也随之出现，之后西武大津店的现场直播便开始了。从画面中能够看到熙熙攘攘的人群，只有成濑站在镜头前不动地方。她黑发垂肩，戴着白色无纺布口罩，身着黑色校服短裙和白色短袜。如果从这些装束去看，成濑只是一个普普通通的女中学生，然而她上身却穿了一件棒球队服。从她胸前的"Lions"标志来判断，这似乎是西武狮队[1]队服。成濑从未跟我说起过她喜欢棒球。她的双手各握着一个像是助威用的迷你棒球棒。

商场门前的电子屏上显示着"距离闭店还有29天"的字样。

记者站在显示屏下说："这里就是进行闭店倒计时的地方。"这时，成濑站在记者旁边目不转睛地盯着镜头。记者可能觉得成濑有些古怪，没有理会她，而是把话筒转向了一位刚从商场出来的中年女士。这位女士手里提着一个蓝绿圆点图案的购物纸袋，面对记者的采访，她说："我常来这里，商场关门可真是太可惜了。"虽然这是一句谁都能够说出来的评论，却也百分百迎合了电视台的需要。

"以上就是西武大津店的现场直播，谢谢观众朋友们。"记者说完，电视画面便回到了演播室。

---

[1] 日本职棒联盟中的埼玉西武狮队，后文人物对话时常简称狮队或西武队。——编者注

我打开平板电脑,去推特[1]搜索是否有人提到成濑。我尝试输入了"周游特别""琵琶湖电视台"等关键词,但并未搜到相关推文。

我继续观看节目,其间看到了"幸运女神"的"夏日狂欢彩票"广告、滋贺县牙医协会发起的"爱护牙齿"宣传、长滨新开的外卖便当店广告,以及观众来信环节,但没有再转回到西武大津店的直播。

节目结束后,成濑来了我家。我曾想过把节目录下来给她看,但又想起成濑说过不能浪费硬盘容量,如果录了节目岂不就违背了她的意愿啦。

"你看到我了吗?"

"看到了。你穿的是西武狮队的球衣吗?"

"是的。"

成濑从背包里掏出那件球衣给我看,球衣背后的号码是1号,上面写着"KURIYAMA"(栗山)[2]。成濑说,这件球衣是她在网上随便选的,她并不知道谁是KURIYAMA。她只是觉得1号应该是个主力球员。

"你看上去虽然有些古怪,但是很引人注目。"

我直率地说出了我的观感。成濑听后似乎很满意:"那就好。"

八月四日,我坐在客厅沙发上又开始看《周游特别节目》。这天妈妈在家休息,于是跟我一起看了节

---

[1] 一款社交网络应用。
[2] 应该是栗山巧,西武狮队的球员。——编者注

目。她在附近一家牙科诊所做前台。当看到成濑在画面里出现时，妈妈大笑道："她完全像个可疑分子啊！"

妈妈也是从小看着成濑长大。虽然她从不在我面前说成濑不好，但有时她会透露出一些"这家伙有点怪"的意思。不过最近她似乎对成濑产生了兴趣，有时甚至会说成濑挺有趣的。

"她说她每天都会去西武，直到商场关门那一天。"

"那很好啊！你也和她一起出个镜吧。"

妈妈的话完全出乎我的意料。

"我没有球衣啊。"

"不穿球衣也可以呀。"

我告诉妈妈我不想去是因为不好意思让人看到，她就把她的太阳镜借给了我。

八月五日我来到了西武大津店，这时成濑已经穿好球衣准备就绪。当她认出我时，她像球迷老大爷一样向我挥了挥右手，说："来啦！"

为了保持社交距离，我站在离成濑约两米远的地方，我们之间隔着倒计时显示屏和馆内导购图。我戴上了妈妈借我的太阳镜，成濑看了开心地说道："你很像三浦纯[1]啊。"但我并不知道三浦纯是谁。我穿着一件普通T恤搭配牛仔裤，试图不要引人注目。

---

[1] 日本漫画家、作家、编剧、演员，他的常见造型是长发、戴墨镜，可能成濑因此说"我"像这个人。——编者注

观察节目幕后工作是一次很新奇的体验。在拍摄现场，女记者的声音并没有电视上那么响亮。当记者走动时，摄影师也会随之走动。这次记者把话筒对准了一位推婴儿车的年轻妈妈，婴儿车上挂着婴儿本铺母婴店的购物袋。我猜她可能会说"没有了西武大津店会非常不方便"之类的话吧。

当摄影灯光熄灭时，成濑迅速脱下球衣，塞进了背包。

"我录下来了，我们回家一起看吧。"

我为了看看自己在电视上的样子，提前设置把节目录了下来[1]。我和成濑回到家后，立即播放了录像。

"没想到会拍到这么多次！"

正如成濑所说，我们频繁地出现在倒计时显示屏旁边的镜头中。

"别人能看出来这是我吗？"

"只要是认识你的人，肯定都能看出来。"

成濑站在那里没有任何违和感，而我戴着墨镜和口罩，遮住了大半张脸，反而看起来有点奇怪。

在推特上再次搜索《周游特别节目》时，我终于发现了一条推文："西武大津店直播里总能看到一个穿棒球服的女孩。"

当我把平板拿给成濑看时，她用力地点点头，并

---

1 日本民众经常用录像机录下电视节目来反复观看，录像机可以提前设置定时录制。——编者注

且笃定地说："连续出镜三次，就会被认为是常客。"

八月六日和七日，成濑继续去西武大津店门口站着，就这样结束了第一周的直播。我要是想去也能去，无奈天气太热有些打怵，觉得不如在家里吹着空调看节目来得舒服。

"第一周顺利结束了，多亏了你。"

周五的直播结束后，成濑来我家和我说道。虽然住在同一所公寓里，但成濑从未如此频繁地来过我家。一开始我有些烦恼，觉得她把我当作同谋，但一想到这是她对我的信任，心情就好了起来。

在推特上，我看到一个叫TAKURO的人发的推文："今天狮队的女孩又出镜了。"虽然没有提到"周游特别"和"西武大津店"，但从他发推文的时间来推断，说的应该是成濑。

此外，据成濑说，商场里曾有一位中年女顾客跟她搭话："你总是出现在镜头里呢。"可见，成濑已经给至少三位滋贺县人留下了深刻印象。

"你为什么每天都要去呢？"我问道。

成濑边调节口罩上的金属丝，边回答："也许是想给这个夏天留下一个回忆吧。"

今年受疫情影响，学校的活动基本被缩短时间甚至被取消。我参加了羽毛球社团，但夏季比赛被取消，暑假训练也只在上午进行。暑假更是缩短为从八月一日到八月二十三日，大约三周，夏天变得越来越没有存在感。而西武大津店的闭店，无疑成为我们初二这个夏天的一件大事。

"岛崎，你还会去吗？"

虽然我也想陪成濑度过一个难忘的夏天，但是天气实在太热，我打算尽可能不出门。

"能去我就去。"

"要是去的话，就穿上这个吧。"成濑的表情一下子明亮起来，递给我一件西武狮队的球衣。背后的号码是3号，在号码上方写着YAMAKAWA[1]。

"你特意买了两件？"

"以防万一，所以多预备了一件。"

我迟疑了一下，但还是接过了那件球衣。

在三连休后的八月十一日，我穿着YAMAKAWA的球衣出现在西武大津店。这次我没有戴墨镜，我怕那样会比成濑还要显眼。

尽管节目组工作人员对我们视而不见，但我不禁想象着云朵形状的留言框中出现的文字：又多了一个穿球衣的女孩。

或许是因为他们第一天就没有理会成濑，导致这种视而不见的状况一直延续到了今天。如果刚开始时工作人员就对成濑更热情一点，现在说不定还能聊上

---

[1] 应该是山川穗高，西武狮队的球员。——编者注

一句"今天带着朋友来啦"这样的闲话吧。

当然,也不能排除是成濑在故意躲避工作人员。我一边想着不必深究这个问题,一边在正门前和成濑保持着社交距离。

今天的采访对象是一位年纪较大的女士。相较年轻人,中老年人对西武大津店有着更深厚的感情,自然更容易被当作采访的目标。

直播结束后,我和成濑一起回家看录像。这时才发现,有好多顾客都在绕着我们走,看来是我们站的位置挡了道。于是我们决定明天换个位置,成濑依旧站在倒计时显示屏旁,我则再往旁边移动了一点。

我又在推特上搜了搜,想看看有没有新留言,结果竟没有人提及《周游特别节目》。我不禁有些失落。成濑却颇为自信地说:"因为《周游特别节目》的观众大部分都是老奶奶。那能不能在口罩上写点什么?比如宣传口号或其他什么的。"

成濑找出一把尺子,在自己戴的口罩上比量着,并让我把尺寸说给她听。

大约是十二厘米长,十八厘米宽。

"嗯,似乎没法写什么有分量的内容。"

我提议在手里举着像杰尼斯粉丝用过的那样的扇子,但成濑立即反对说:"我们不能靠这些小道具。"

"关键是要好好发挥口罩的作用。毕竟大家还要戴着口罩生活一段时间,没有不好好利用它的道理。"

八月十二日，成濑的口罩上用黑色记号笔写着"谢谢你，西武大津店"两行字。因为脸把口罩撑起，这些字有些变形，"西"和"店"两个字几乎看不到了，但还是能根据其他字猜到是这两个字。

我们按照昨天商量好的，调整了一下位置，并保持社交距离站好。这时一个小学一二年级左右的男孩路过，指着成濑说："口罩上写着谢谢呢！"他说完，一个看似男孩妈妈的人立刻拉着他的手，快步走进商场。

回到家后，我们再次一起看录像。发现能够看到成濑口罩上写着字，但看不清写的是什么。

"看来这个大小的口罩，最多只能写两个字或画个商标什么的。"我说。

成濑点了点头，回道："如果是麦当劳、耐克、苹果这样的商标，应该能行。"

我虽然不认为这些世界知名公司会在成濑的口罩上打广告，但明白了她的目标是走向世界。

八月十三日，成濑在口罩上写下"感谢"两个字。回看录像时，在画面的一角出现了放大的镜头，可以清楚看到"感谢"的字样。

"看来两个字以内可以。"

然而，两个字所能传达的信息毕竟有限。尽管"感谢"两个字也不错，可成濑戴上写着这两个字的口罩时，却给人一种新兴宗教信徒的印象。于是便暂时搁置了要好好利用口罩的方案。

我刷了一下推特，发现之前提到成濑的那位TAKURO发布了一条信息："狮队的女孩变成两个了！"不知是高兴还是难为情，我心里涌入了一股暖流。

"网上发言的人只是极少数。就算《周游特别节目》的收视率再低，滋贺县有一百四十万人口呢，如果有0.1%的人看了，那也有一千四百人。他们中的一些人应该看到我们了。"

站在直播现场时，我并没有意识到电视机的另一端还有观众在看着我们。但现在一想到身穿狮队队服的我们会出现在他们的视野里，我就莫名感到激动。

八月十四日，我和成濑在半路集合，于节目开始前五分钟到达西武大津店。可是到了才发现，本该在那里的拍摄团队今天却不见了。

"咦，难道是不直播了？"

尽管气温很高，但我却感觉我的手脚在渐渐发凉。而成濑默不作声地看着馆内导览图，似乎并没有注意到我的忧虑。

"他们应该在最顶层。"

我和成濑搭电梯来到七楼。穿过餐饮区，看到了"西武大津店四十四年回顾展"的展板和拍摄团队。

拿着话筒的工作人员看到我们立刻移开了视线。成濑穿上球衣，若无其事地绕到摄影机可能拍到的位置，看向展板上的照片。

我也穿上了球衣，细细端详着那些照片。这些褪色的、经过放大的照片向我们展示了西武大津店刚开业时的景象。宽敞的食品区、优雅的咖啡厅、已经不复存在的六楼多功能大厅、连接六楼和七楼的巨大琵琶湖形通道，还有鸟儿飞翔的鸟乐园，到处都是人流如织、热闹非凡的景象。

可我熟悉的西武大津店却总是人流稀少，冷冷清清。据说，这都要怪草津永旺购物中心和兴起的网络购物抢走了顾客。照片中的人看上去都很快乐。我想，以后我在商场购物时，会不会也有这样的表情呢。

就在我们看照片的工夫，直播结束了。成濑已经脱下了球衣。

我对她说："我要再看一会儿。"

成濑回了句"好"，便自己回去了。她真是个冷淡的家伙，不过这已经不是第一次了。

西武大津店四十四年回顾展占据了七楼整个墙面。照片区的照片从开店初期，按照时间顺序依次排列。我出生的二〇〇六年恰逢开业三十周年，那时店里的样子和现在差不多，只是顾客们的衣着打扮稍显过时。

突然一位陌生的大婶过来搭话："小姑娘，你就是那个经常上电视的女孩吧？"

我这才意识到自己竟忘记脱下球衣了。我下意识回答了一声"啊，是的"。不过经常在电视上露面的那个人是成濑啊。我正要解释说她认错人了，但又想着毕竟少有人会穿着狮队队服来购物，认错人也在情理之中。

"真的是你！太好了，我想如果能见到你就把这个送给你。"

这位戴着和小池百合子[1]同款蕾丝口罩的大婶，从包里拿出了一顶蓝色棒球帽，上面印着白色狮子的侧面头像和"Lions"的标志。

"就是这个。虽然有点旧了，但我洗得很干净。"

我委婉地表示谢绝，但大婶却坚持说："不用客气！"

她把帽子几乎是硬塞给了我就匆匆离开了。

这下可麻烦了，我有些手足无措，于是去了成濑家。

我按响了门铃，不一会儿成濑的妈妈出来了。她看上去没什么精神，又让人觉得她本就是这样的。

"哦，是美雪啊。谢谢你总是陪着成濑。"

在我的印象里，成濑妈妈总是面带微笑，言语不多。她对成濑的学习并无过多干涉，只是会欣然接纳女儿做任何想做的事。也许正因为如此，才会有今天这样的成濑吧。

"朱莉妈妈，您是滋贺县人吗？"

"是啊。"

成濑妈妈显得有些惊讶，似乎没有想到我会跟她

---

[1] 小池百合子是一位日本女性政治家，现担任东京都知事。她的政治生涯以其坚定的领导风格和对女性赋权的倡导而受到关注。——编者注

说话。我也不记得自己曾和成濑妈妈说过话。即使是现在，我也是因为感到叫她"大婶"会有些不妥，才选择叫她"朱莉妈妈"。

"您应该经常去西武百货购物，现在它要关门，您是什么感受呢？"

"我当然不舍，但又能怎样呢。只能等待那一天的来临。"

成濑的妈妈依旧微笑着。

这时成濑听见我来了，从里边走了出来。

"找我有事吗？"

"有东西要交给你。"

我本来打算在门口把话说完就走的，但还是被成濑一再邀请着进了屋。

"你走了之后，一位不认识的大婶过来搭话，把这个给了我。"

我把棒球帽拿给成濑看。

"她说要交给那个经常在电视上露面的女孩，说帽子虽然不是新的，但已经洗干净了。"

我把事情的经过给成濑讲了一遍。成濑听完，丝毫没有迟疑地把棒球帽戴在头上了。

"下周一我就戴着去。"

说实话，我并不太想戴这顶帽子，所以听到成濑这么说，不禁松了一口气。

"我们下次最好早点到，因为我们不知道拍摄组会出现在哪里。"

上次在正门前没有看到拍摄组的时候,我的大脑一片空白。我也不知道当时为什么会那么紧张,而成濑比我镇定多了。

"嗯,我不确定我能不能去。"我说。

尽管我和成濑一步步成了如今的搭档,但我仍抱着一种随意的态度。毕竟,这件事的主角是成濑。

八月十七日,新的一周开始了。盂兰盆节假期结束后,社团活动也重新开始。活动时间并不长,从早上十点到十一点半,比较轻松。

"美雪,你这几天是不是上电视了?"

同社团的遥香问我。

"嗯,我是陪成濑去的。"我回答。

遥香笑着说:"好辛苦啊!"

"我也看了,是星期五吧?在西武照片展上。"

瑞音也加入我们的谈话中。

"我看到你站在商店门口,还穿着棒球队服,是吧?"

没错,我都没有意识到这点。即使人们不是每天都看《周游特别节目》,但也有可能偶然切换到这个节目。他们看到的可能只有一瞬间,但就像拼图一样,把这些瞬间拼起来,他们就能知道我在做什么。

"你是不是几乎每天都和成濑一起去?"

我有点想要把责任推到成濑身上，但穿上球衣和她一起去是我自己的选择。本以为遥香和瑞音会露出一副鄙夷的神情，没想到她们竟然哈哈大笑起来。

"我不知道节目每天都有现场直播，我也想去看看。"遥香说。

"我也要去！"瑞音兴奋地补充道。

看来去西武的队伍要壮大了，可本该高兴的我却提不起兴致。参加西武的直播和参加社团的训练完全是两回事。但我又不好拒绝，于是告诉她们，节目将于十七点五十五分开始，转播地点通常在正门前，具体位置要到节目当天才能知道。

我本来打算这周不去西武了，但现在遥香和瑞音要去的话，我就不得不去了。当天我稍微提前到了一点，看到正门前已经有拍摄组在忙碌，我松了一口气。成濑也果然像她宣言的那样，戴上了那顶狮队的棒球帽。我想送帽子的大婶如果在电视上看见成濑戴着这顶帽子，该有多开心啊。

"刚才，又有一个陌生人送给我这个。"

成濑伸出左手，给我看她手腕上的蓝色手环。

"哇，看来这个人真的很喜欢狮队啊。"

"肯定是西武狮队的球迷。"

说着，成濑举起了她的迷你球棒。

"今天可能会有羽毛球社团的同学过来，我告诉她们我和你每天都来这里，她们就说她们也想来看看。"

我告诉成濑。成濑只回了一声"是吗",似乎并不怎么感兴趣。

直播快要开始前,遥香和瑞音从店里走了出来。成濑已经在盯着摄像机了。

"原来是在这里直播啊。"

两人走到我身边停下脚步,我提醒她们要保持一定的社交距离,以免人员过于密集而导致直播取消。

遥香和瑞音在离我一段距离的地方站定,随后记者把话筒对准了她们。

我有些吃惊,记者竟然放着全身洋溢着西武爱的成濑不去采访,而是选择了身穿便服的两位中学生。遥香和瑞音带着微笑,回答着记者的提问。在那一刻,我感觉自己仿佛与她们之间隔着一堵无形的厚墙。

直播结束后,我和成濑正准备回家。遥香和瑞音兴奋地跑过来说:"我们被采访了!"我能感觉到嫉妒在我的心里升腾。

"那挺好啊。"我冷淡地回了一句,便和成濑一起回家了。

"本来应该采访你才对啊。"

我忍不住说出了心里话。成濑笑着说:"没有,电视台是想听像她们那样的女孩的意见。"

她的话听上去并不像是在逞强,而是真心地接受了这个现实。她的这份冷静令我更加生气。

"既然来了,难道你就不想接受一下采访或多露露脸吗？"

"没有。"成濑回答得干脆。她似乎无法理解我为何如此生气。我丢下成濑，独自一人匆匆回家了。

八月十八日早上，一觉醒来心情好了许多，和遥香、瑞音也能像往常一样愉快聊天了。谈及去西武的事情，她们说："真没想到会被采访。"我用尽可能轻松的语气问："你们还去吗？"两人笑着回答："去一次就够了。"

或许是受了她们的影响，这天我也没有去西武。也许是有点不想见到成濑吧。

直播是从正门开始的，成濑就站在写有14天的倒计时显示屏旁，然而，采访的话筒并没有转向她，仿佛她是空气一般。

我既不像成濑那样每天都去西武，也不像遥香和瑞音那样有接受采访，那我还有必要去那儿吗？这个念头在我脑海中盘旋，让我感到一阵莫名的烦闷。

八月二十一日，成濑在直播结束后过来找我。

"怎么样？"

成濑的问话让我想起了当初她让我收看节目的嘱托。所以，即使我今天没有去西武，她也肯定不会在意。

"嗯，我看到你了。"

我像往常一样每天都收看节目。尽管我觉得没有必要再看了，但一到十七点五十分，还是会想起《周游特别节目》就要开始了。

这天的直播是从六楼开始的,展示的是Loft的最后一次大减价的场景。成濑吸引着其他顾客的目光,稳稳地站在镜头前。

"看来星期五是在店里直播。"

这么一来,下周五也有可能是在店内。

"下周就要开学了,要是那天有社团活动怎么办?"我问。

"请假提前出来,尽量赶过去。把队服也带到学校,直接从学校去西武。"

成濑应该会不受任何人的干扰,坚持去西武到最后一天吧。

"真辛苦啊。"

我像是在说与自己完全无关的事情。社团活动到十八点才结束,我可不打算中途请假去西武的直播现场。

"我可能不能每天都准时收看节目了。"

"没关系,谢谢你能陪我到现在。"说完成濑就回家了。

明明是我自己提出要退出的,却有一种被成濑抛弃的感觉。

星期天下午,我打开电视,随意按着遥控器的换台键。当切换到西武对欧力士[1]的比赛直播时,我不知

---

1 指日本职棒联盟的埼玉西武狮队对欧力士野牛队。——编者注

为何开始看了起来。

爸爸看到后，问我："美雪，你也关心起棒球来了？"

我敷衍地回答道："哦，就今天而已。"

西武队的球员穿的是蓝色队服，并不是成濑和我穿的白色队服。第六局的上半场，站在击球位上的是身穿1号球衣的栗山。当我看到栗山时，仿佛看到了《周游特别节目》中的成濑。栗山的球棒成功击中第一球，接着，球飞入了观众席。就算我对棒球规则知之甚少，也明白那是本垒打。栗山相貌精悍，很像足球部的杉本。

八月二十四日是下学期的开学典礼，社团放假。这天除了同桌川崎跟我说"你穿着西武队的球衣上电视了啊"之外，没有发生什么特别的事情。

"成濑，班上的同学跟你提起过你上电视的事情吗？"

"没有。真能面对面跟你提起的人只是一小部分。不过其他人可能也知道吧。"

的确，如果没怎么说过话的同学上电视了，我也不会特意跑过去跟她提起这件事情。

"今天我也可以过去吗？"

我知道我没有必要获得成濑的同意，但还是忍不住问了出来。因为从明天起，我参加的社团活动会结束得比较晚，所以今天对我来说或许是最后一次机会了。成濑爽快地回答："当然可以。"

我突然想起好久没有看过网上对我们的评论了。于是回家后就立刻搜索了一下推特。最初称我们为狮队女孩的TAKURO后来又多次提到我们。还有位住在草津的主妇写道："那个穿着西武队服的孩子，每次看《周游特别节目》时都能看到。她是不是每天都来啊？"

当我在节目开始前十分钟到达西武大津店正门前时，成濑正看着倒计时显示屏上的"还剩8天"字样，露出一脸疑惑。

"照这样计算，最后一天就是'还剩1天'，可是，难道不应该是'还剩0天'吗？"

被她这么一说，我发现确实如此。但商店不可能这么明显地出错吧。就算是弄错了，明天也不能一下子减掉两天。

正当我们在争论此事时，一个五岁左右的小女孩走过来说："今天有两个棒球姐姐呢！"

女孩递给我一张纸，上面画着两个穿着相同服装的人，一个戴着蓝帽子，一个没有戴。一个貌似孩子妈妈的人说："我们一直都在看这个节目。"

我本能地回答道："谢谢。"

女孩挥了挥手说"拜拜"，然后和母亲一起走进商场。

说一直都在看节目，这个时间怎么还在西武呢？我一边想着，一边看向旁边的成濑，发现她居然眼眶湿润，吓了我一跳。

"谁能想到还会有这种事呢。"成濑说道。

我把那张粉丝画像递给成濑。她把这张珍贵的画像小心翼翼地收入背包，然后拿起迷你球棒，转身面向镜头。今天的采访对象是一对母女，似乎是来参与西武最后一次大促销的。

直播结束后，脱下队服的那一刻，我突然感觉夏天结束了。我不禁想，那些高中球员离开赛场的那一刻是不是也是这种感觉？当然，这样想可能有些不自量力，我们怎么能与高中球员相提并论呢。

"这个球衣，洗好再还给你。"

"不着急，你先留着吧。"成濑回答。

我把球衣小心地放回包里，心里嘀咕着没准她又会有什么事要求我。

八月二十五日，社团活动结束后，我回到家查看录下的节目。

画面中的成濑手里抱着一个好像是别人送的西武狮队的吉祥物。尽管口罩广告计划没能获得成功，可我觉得对于宣传西武狮队总归起了一定作用。实际上，我也是通过成濑才知道了栗山这位棒球运动员。

八月二十六日，成濑依旧站在西武店门口出镜。妈妈看到后说："成濑已经像西武的一道风景一样了！"

去西武的计划刚开始时，我还以为会有人模仿成濑。不过或许是这样的闲人不多,又或许是《周游特别节目》的收视率不高,总之,并没有人来和成濑争夺倒计时显示屏旁的最佳位置。

晚上七点过后,成濑过来找我:"我上报纸了。"

成濑拿出本地报纸《近江日报》给我看。报纸正在连载关于西武大津店关闭的报道,其中也提到了几位附近居民的故事。

成濑就是其中一位被报道的人。照片也上了报,但因为棒球帽和口罩遮住了大半张脸,看不清她的面目。

> 成濑朱莉(十四岁),是住在附近的初中二年级学生,她每天都会穿着西武狮队的队服去西武大津店。她说:"今年夏天因为新冠疫情没什么事可做,所以我想到每天都来我常光顾的西武大津店。我的目标是坚持到西武营业的最后一天。"

我无法将报纸上的成濑朱莉与眼前的成濑联系在一起,这让我忍不住发笑。

"还有三次吧。"

虽说从家里步行五分钟就到,但在同一时间,顶着酷暑每天来回,想想就很辛苦。还剩三个营业日。

"希望能坚持到最后。"

成濑罕见地流露出一丝忧虑,但我并没有太在意。

八月二十七日,尽管是星期四,店里仍然进行着直播。节目里介绍了综合咨询处旁边的留言板。三块巨大的留言板环绕在大钟的四周，每块约两米见方，上面贴满了顾客们的留言卡。

直播画面中出现了正在写留言的成濑。我很好奇她在写什么，但要从那么多卡片中找出成濑的留言卡，实在是大海捞针。

八月二十八日的直播依然在店里进行。这次的地点是五楼的育儿妈妈中心。那里有儿童滑梯、过家家的玩具和摆满绘本的儿童游乐区，但从春天开始受疫情的影响已经被禁止使用了。

一个带着孩子的妈妈说："我记得孩子第一次走路就是在这里。"成濑站在她身后，混在玩具区的人群之中。直播的最后，记者宣布："下次的现场直播将在西武大津店闭店日八月三十一日举行。在最后一天，《周游特别节目》将对西武大津店进行全方位的展示，敬请期待！"

《周游特别节目》的结束时间是十八点四十五分。即使是社团活动结束后，我也能在十八点半前赶到。这个突如其来的最后机会激起了我想去现场看看的欲望。幸好我还没有归还球衣。我决定周一上学路上告诉成濑我会去参加最后的直播。

八月三十日，我和妈妈一起去了西武大津店。最后一次的大促销，货架上早已空空如也，收银台前则排起了长长的队。我还是第一次见到西武大津店这般盛况。妈妈也说："如果平时也有这么多人来，应该就不会倒闭了。"

在直播画面里看不清楚，现在亲眼看到才发现，门前的留言板上画着一个大大的琵琶湖的形状。琵琶湖的部分贴着蓝色卡片，而陆地部分则贴着橙色卡片。我大概扫了一眼，并没有找到成濑留下的卡片。

但"大津有西武真好""第一次约会就是在西武""谢谢你给我留下了许多回忆""你是我最喜欢的地方"等留言，每一张都真情流露，不禁让人心头一热。我也想写下留言，于是写道："我从小就常来这里，谢谢你一直以来的陪伴。"并把它贴了上去。

八月三十一日的早晨，我照往常时间出门，在公寓门口看到身穿便装的成濑。

"我今天不去学校了。"她说。

我一瞬间以为她是要为参加《周游特别节目》做些准备而请假。我正要说："到底是最后一天，还真重视啊。"但很快成濑露出从未有过的沉重表情，并告诉我："我外婆去世了。"

"什么？你是说住在彦根的外婆吗？"

"对。现在我们全家人都要过去。"

"那节目呢？"

我知道这个问题很不合时宜，但还是忍不住问了。成濑不语，低头摇了摇头。那表情仿佛是在告诉我不该问这样的问题。

"我就是来告诉你一下。我走了。"

她说完，朝电梯走去。

我照常去上学，但一直心不在焉。上课时也不停地想着成濑和节目的事情。我告诉自己这种事情是没有办法的，可心底又在问：真的一点办法都没有吗？身为成濑信任的朋友，我想哪怕只有我一个人，也要参加西武最后一天的直播，于是我在社团活动中途请假回了家。

我在家里一边为参加最后的直播做准备，一边在推特上搜索"西武大津店"，发现上面满是对西武关门的惋惜之声，而且看起来西武今天也是人山人海。

我将搜索词改为"周游特别节目"，发现今天的发帖量明显减少。很早就关注成濑的TAKURO在今天的推文上写道："狮队的女孩很快就看不到了。"

要不是记着学校里教导过不能随便透露他人的隐私，我差点告诉他，成濑因为家人去世今天来不了了。我本想干脆在口罩上写"成濑今天请假"，可仔细一想，除了特别热心的观众，一般人也分不清我和成濑。不过，我觉得还是在口罩上写点什么更好，于是便写了"谢谢"。

当我在节目开始前十分钟到达正门前时，立即觉得自己失算了。门口已经聚集了许多围观的人，估计是为了闭店日特意赶来的，他们看到摄像机便停下了脚步。

倒计时显示屏"剩余1天"的字样前，许多人都在拍照留念。当我穿上球衣准备迎接直播时，围观群众投来了好奇的目光。

"这一个月辛苦你了。"

一位四十岁左右的女士走过来递给我一条西武狮队的毛巾，还问我能否一起拍张照片，于是我不由自主地和她拍了张合照。我心想："只要她开心就好。"可此时，突然响起一个声音："那家伙是冒充的！"

我转头看去，一位白发老大爷正瞪着我。

"和一直上电视的孩子长得不一样！"

谁料会在这里遇到如此热心的观众。与成濑的满勤相比，我来这里的次数确实只有几次。我原本只想做个成濑的陪衬，没想到却成了我的把柄。

"那是我朋友。"我辩解道。

"胡说，你连帽子都没戴，休想蒙混过关！"

给我毛巾的那位女士在一旁不知如何是好，一脸茫然。我无法证明自己是成濑的朋友，就算说出成濑的外婆去世了，恐怕也没有人会相信。

周围的人摆出了不想掺和的表情，况且《周游特别节目》马上就要开始了。

"岛崎！"突然传来一道声音。

我朝声音的方向望去，只见身穿1号球衣的成濑正匆匆穿过人行横道向这里赶来。她头上戴着那顶蓝色帽子，手腕上也戴着手环。

"总算赶上了。"成濑快步走到我跟前，她口罩上也写着"谢谢"。

"发生什么事了吗？"

我感到如释重负，几乎要哭出来了。那个纠缠我的老大爷已经走开了。给我毛巾的女人也像是松了一口气。

"等一下再跟你说。"

我把蓝色的毛巾挂在成濑的脖子上。

直播开始了，记者将话筒对准了围观的人群。通常只采访一组，但今天却采访了第二组、第三组。我期待着记者也能采访成濑，但在第四组之后，采访就结束了。拍摄组很快前往下一个拍摄现场。

"刚才有个人过来，一直说我是个冒充的。"我说。

"那可委屈你了。对不起，我来晚了。"

没想到成濑会道歉。

"没事，你能来我就很高兴了。你来这里，外婆那边没事吗？"

"守灵是在明天。亲戚们都说我今天最好也能来这里，这样外婆才会开心。"成濑回答。我万分感激她的亲戚对她的支持。

拍摄组先后来到一楼的食品区、二楼的女装区、四楼的男装区，宛如是在回顾西武大津店的美好时光。跟在拍摄组后面的只有成濑和我，还有一群小学生。

小学生问道:"为什么要穿棒球服?"

成濑回答:"因为这就是我的校服啊。"

节目的结尾在六楼的露台进行。店长背对着西武大津店,面向镜头回答着记者的问题。我们这些观众则远远地站在店长的后面,以免过于密集。

"幸好是夏天。"成濑说。

"为什么?"我好奇地问。

"如果天气又阴又冷,那现在肯定会觉得更失落。"成濑回答。

就这样,成濑把她初二的夏天全都献给了西武大津店。

九月三日,社团活动结束后,我和刚休完丧假的成濑一起去了西武大津店。

空荡荡的西武大津店似乎一瞬间变得苍老了,损毁也格外明显,让人难以相信这是三天前那个商场。入口处的SEIBU标志已经脱落,店招牌被塑料布蒙着。

工作人员在来回忙碌,似乎是在打扫清理。不久之后这里就要被拆除了吧。

听说成濑的外婆在住院期间,每天都盼着收看《周游特别节目》。直到八月二十八日的节目播出时,她还开心地说"今天又看到朱莉了",但到了三十日深夜,她的病情突然加重,三十一日早上便去世了。西武的倒计时曾是成濑的固定站位,今天想来,却像是外婆的生命倒计时。

"你是为了外婆才去西武的吗?"我小心翼翼地问。

"多少有一点,但不是主要原因。我是想挑战一下自己,做点当下能够做的事情。"

成濑并没有像我期待的那样获得更多关注。

毕竟,琵琶湖电视台和《周游特别节目》的影响力有限。即便是这样,也一定会有人在回想起西武大津店关闭的场景时记起成濑朱莉。那些送我们西武纪念品的人、为我们画画的孩子、发推特的网友、到西武采访的记者和《周游特别节目》的观众,所有这些人都成了成濑朱莉人生历程中重要的见证人。

"将来,我要在大津建一座百货大楼。"成濑坚定地说。

"嗯,一定加油呀!"我用力点点头,抬头望向昔日的西武大津店。

希望成濑的梦想能够成真。

我们来自膳所

"岛崎，我想成为搞笑之王！"

九月四日星期五，成濑又说出一句古怪的话。刚刚结束了每日往返西武大津店的宏大计划，我还以为她已经筋疲力尽，看来是我杞人忧天了。那天放学后，她说有事要谈，顺道来了我家。

成濑挺直了腰板，在茶几的对面正身而坐。

"成为搞笑之王？难道是要参加 M-1 吗？"

"没错！"

M-1 大奖赛始于二〇〇一年，俗称 M-1，是日本规模最大的漫才[1]大赛。每年十二月会在电视上直播总决赛，我从小就与家人一起观看。

但我和成濑从未谈论过 M-1 大奖赛或者搞笑节目，她这突如其来的兴趣让我摸不着头脑。就在我百思不得其解时，成濑拿出一张文件放在茶几上。

"这是 M-1 大奖赛的报名表。"

如今这个时代，难道不应该是线上报名吗？我一

---

[1] 漫才是日本的站台喜剧，类似于中国的相声。演出通常是二人组合，一人负责较严肃的找碴、吐槽，另一人负责较滑稽的装傻耍笨，两人以极快的速度互讲笑话，笑话内容大部分是二人间的误会、双关语和谐音字。——译者注

边想着一边快速浏览报名表。

"报名通常是八月三十一日截止,但今年由于疫情延迟至九月十五日。现在还来得及,我们先把名报上吧。"

我开始感觉到不对劲,事情似乎在我全然不知的情况下已经开始推进了。

"等等,你打算和谁一起参赛?"我问。

成濑看着我,仿佛在说那还用问吗。

"当然是和你啊。"

我用手捂住额头,难道这就是人们常说的破格提拔吗?我认为我这样的普通人,担当不了成为搞笑之王成濑的拍档的重任。说白了,我只是想见证成濑朱莉的人生历史,并不想在成濑朱莉的历史上刻上自己的名字。就像坐在前排的观众不想被拉上舞台一样。

"你可以去参加单人搞笑表演比赛啊。"

"单人搞笑表演?"

成濑顿了一下,她异常认真的表情让我突然担心自己是不是说错了话。

"有一个叫 R-1 大奖赛的,就是单人搞笑艺人的比赛。"

"原来是这样,或许我明年可以参加一下。"

对成濑来说,今年参加 M-1 大奖赛似乎已是板上钉钉。

"我问过我妈妈,能不能当我的拍档,她一口拒绝了。"

难怪她会拒绝。刚刚失去了亲人,哪还会有闲情逸致去演漫才。平时她就很内向,就算是正常情况下,她也不会轻易答应吧。

"那第一轮比赛是什么时候?"

"九月二十六日,是星期六。"

我祈祷那天我已有了别的安排,但当我望向墙上的挂历时,却发现那天没有任何安排。

"只剩三个星期,来得及吗?"

"别担心,段子我来编。"成濑胸有成竹道。

今年,由于校园生活不能和往常一样进行,成濑似乎就对学校外的活动产生了兴致。

这种心情可以理解,但是要挑战 M-1 大奖赛,总感觉有些异想天开。

"这太突然了。"我忍不住说。

"有次我在电视上看到一个特别有趣的漫才,然后我就想我也要试试。"成濑看上去兴致勃勃。我很好奇是什么有趣的漫才能让成濑突发了这样的奇想,于是向她倾着身子问道:"是什么漫才啊?"

"就是那个关于一位母亲记不清玉米片名称的漫才。""那不就是'牛奶男孩'吗?"我不由自主地蹦出牛奶男孩的经典吐槽。牛奶男孩是 M-1 大奖赛的上届冠军。

"岛崎,你这个吐槽太完美了!"

显然这称赞有些言过其实，但如果说谁能够毫无顾虑地吐槽成濑，恐怕没有人比我更合适了。

而且，问题的关键是，不能让成濑因为我的拒绝而错失登台的机会。

"好吧，那我就和你一起参加吧。"我最终妥协。

"谢谢你！"成濑感激地扶着桌子边，恭敬地对我鞠了一躬。

"岛崎，你每年都看 M-1 大奖赛吗？"

"我妈妈爱看，所以我也跟着基本都看了。"

"那你十拿九稳了。"成濑满意地点头。

可是看了 M-1 大奖赛不代表就能创作出搞笑的漫才，不然谁还用那么辛苦呢。

"第一轮比赛在哪里举行？"

"在大阪淀屋桥的朝日生命馆。"

从我们这里到大阪市中心只需一个多小时的路程，但我很少去大阪，因为在京都就能把大部分事情搞定。不过，今年由于疫情，我几乎没有离开过滋贺县。

"我们先来拍一张报名用的照片吧。"

成濑从背包里取出了她的数码相机，设置好自拍定时，然后放在了高度合适的架子上。我背对着墙站好，摘下口罩，看向相机的镜头。

"照例，装傻要在右边，吐槽在左边。"成濑一边说着，一边站到了我的左边。

"嗯？"

我还没来得及反驳，自拍定时就启动了。

"无论怎么看，都是你更适合演装傻的角色吧？"

刚才还夸我的吐槽完美，难道只是恭维我？成濑淡定地把口罩重新戴上，说："其实，你的吐槽技巧非常好，但这样就和我们平时的对话没什么不同了。角色反过来可能会更有趣。"

明明对漫才了解不多，也不知道她哪来的自信。

"要是你认为这样好，我当装傻也行……"我无奈道。

成濑拿起数码相机，看着显示器里刚刚拍摄的照片。

"如果几年后我们火了，这张照片就会大有用处。"

她让我也看了一眼。照片里成濑表情呆板，而我视线游移。如果有漫才艺人用这样的照片去报名的话，一定会在报名时就被淘汰了吧。

成濑可能也觉得不妥，说："我们再拍一张吧。对了，这次穿上球衣吧。"

成濑说着，从背包里拿出1号球衣。

"你总是带在身上吗？"我问道。

"是啊，说不定什么时候就要用上它。"

我也从衣橱里拿出了3号球服，把它穿在了校服衬衫的外面。重拍的照片上我们的表情比之前的柔和了一些。穿上球衣让我们看起来更像一个组合。我开始顾虑我们是否需要征求一下球队的许可，但又想，留着将来出名后再考虑也不迟。对于这张合照,成濑显然也很满意,便将相机和球衣收进背包。

"组合的名字已经想好了吗?"

"嗯,'膳所狮子'你觉得怎么样?"

膳所站是离我们最近的车站,膳所这个名字在关西地区算得上是难念的地名之一,所以作为组合的名称应该挺合适。但是后面的"狮子"就有点不合适了。

"听起来有点像公寓的名字。"

"那就叫'膳所女孩',如何?"

我有些惊讶于成濑的命名能力。凡事都能漂亮搞定的成濑,竟然只能想出这么俗气的名字。看来到时候编段子也要令人发愁了。

我认为,组合的名字最好是简洁、好记,还能令人印象深刻的。考虑到"膳所"这两个汉字晦涩难读,所以用平假名或片假名表示可能会更好。

"有了!就用片假名的'ゼゼカラ(ZEZEKARA)',你觉得如何?开场时我们就说'我们是来自膳所的ZEZEKARA[1]!'然后立刻进入段子。"

成濑听后,眼睛亮了起来:"我觉得很好!"

我本想把队名再凝练一下,但随性一些的名字让人感觉轻松,或许也不错。

于是,成濑在组合名称一栏填写了"ゼゼカラ"。

---

[1] 膳所在日语发音是ZEZE,表示"来自"的词"から"发音是KARA,这句开场白相当于说"我们是来自膳所的'来自膳所'"。——编者注

简简单单的四个字,由成濑速写下来,莫名就散发出了一种历史渊源感。

"个人姓名用真名可以吗?"

虽然只是报个名,但很多细节却要现在就确定下来。个人姓名就按我们日常的称呼,填写了成濑和岛崎,然后继续填写其他信息。

"对了,如果是未成年人参赛,需要监护人的同意。岛崎,你也去找你妈妈签一下字可以吗?"

我从成濑那里接过报名表,去房间外找妈妈。可这时我突然感到不安起来。既怀疑自己真的适合参加M-1大奖赛吗,又对参赛这件事莫名有些期待。尽管我从未说过漫才,成濑的水平也有些令人担忧,但试试看或许真能做到。

我在厨房找到了妈妈,当问起我能否和成濑一起参加M-1大奖赛时,妈妈很爽快地同意了。

"你们打算搞哪种段子?是短句漫才还是对话漫才?我年轻时也曾想尝试。"妈妈从第一届的M-1比赛开始,每届都看,从未落过。她似乎无法抑制她的好奇心,不停地问我。看到她的反应,我突然想到也许妈妈和成濑做拍档更合适,但若真是那样,我的心情可能会更复杂。

我让妈妈在报名表上签字,她一边说"朱莉的字写得更好,我都有点不好意思写了",一边在上面写下了住址和姓名,还盖了章。

"那些搞笑艺人都要让他们的妈妈签字吗？"

听妈妈这么一说，我的脑海中立即浮现出牛奶男孩的妈妈正在报名表上签字的情景。

"不，只有未成年人才需要。"我说道。

"哈哈，那倒也是。"妈妈笑着回应。

我回到自己的房间，看到成濑正在专心致志地写着什么。

"妈妈同意了。"我汇报。

"太好了。"成濑高兴道。

成濑认真地检查了一下报名表，确定填写无误后，满意地点了点头："没问题了。"接着说，"一起加油！不过健康第一，量力而行！"

就这样，ZEZEKARA 向搞笑之王迈出了第一步。

既然决定参赛，就要全力以赴。我决定在网上观看往届的 M-1 大奖赛来借鉴学习。

我是二〇〇六年出生的，所以前五届比赛我没有看过。当我握着遥控器犹豫先看哪一年的比赛时，妈妈走过来坐在我旁边。

"看二〇〇四年的吧。"

妈妈说得没错，那一年的比赛格外精彩。许多我在电视上认识的拍档都出场了。如今在综艺节目中担任主持人的艺人，年轻时曾这样说过段子，我看到后感到很新鲜。

那年获胜的是"不可触碰"组合,他们讲的是女儿带男朋友回家见父亲的段子。他们的表演在今天看来仍然令人捧腹大笑,妈妈笑得眼泪都流出来了。

之后,我按照妈妈的推荐看了其他的段子。以前我只是以一个普通观众的角度观看节目,而现在,我开始从表演者的角度思考节目,我想知道他们是如何构思出如此机智的笑料的,又是如何在恰当的时机进行如此精彩的装傻的。

如果成濑几年后真的成为搞笑之王,那么她的拍档会是我吗?还是其他人?这一切离此刻的我都太遥远,连山脚都看不到,更别提山顶了。

九月七日,又一个星期一的早上,我在公寓的一楼大厅见到成濑。

成濑说:"我想好一个段子了,下课后一起练一练吧。"

尽管我内心很是期待,但不想让她看出我很上心,于是淡然地说了一句:"知道了。"

社团活动结束后,我们回到我家,在我的房间里练习段子。

"你觉得怎么样?"

成濑递给我一个文件夹,上面写着"成"和"岛",是我们俩名字的第一个字,接下来是各自的台词。

成:大家好!

岛：我是岛崎。

成：我是成濑。

两人：我们是来自膳所的ZEZEKARA，请多关照。

岛：我呀，长大后想当一名职业棒球运动员。

成：好大的口气，你连棒球的规则都不懂吧。

岛：我懂啊，不就是投球和击球吗？

成：这也太笼统了点。

岛：你还不了解我的潜力。

成：你都初二了，有实力的运动员都已经崭露头角了。

岛：如果在选拔大会上被选中，我不就有机会了吗？

成：你想靠什么被选中呢？

岛：我想啊，穿着这身球衣到处晃荡，说不定会被认为是个棒球少女呢。

成：更像是个可疑分子吧。

只看了开头，我的眉头就紧锁起来。尽管想说的很多，但我先指出了最大问题。

"我不会说关西方言啊。"

因为我从小在说标准日语的家庭中长大，我说话几乎都是标准日语的语调。虽然有时会受周围人的影响，词尾可能会带点关西口音，但感觉自己说得并不好。

"成濑，你平时也不说关西话啊。"

"要是想说的话，也能说。"

成濑的父母都是滋贺县人，所以成濑的关西话说得很自然。

"我分析了一下往届的 M-1 大赛，发现关西艺人有压倒性的优势。我们的组合叫 ZEZEKARA，使用关西方言感觉更适合。"

"不过，比起不熟悉的方言，用平常说惯的话会更好吧。"

除了是否使用关西方言的问题，成濑的剧本还有些不足之处。使用了通俗易懂的日语表达方式，也展现了双方有来有往的对话，这些都是值得肯定的，但这样只能算是单纯的对话。或许是因为首次参赛，有些经验不足，但既然要参赛，不是应该从一开始就尽可能地展现最好的一面吗？

我该如何把我的这一想法传达给成濑呢？可这样的想法又让我觉得有些愧对她。毕竟是成濑苦思冥想才写出来的剧本，于是我提议先按剧本试着演练一遍。

我们背靠着墙壁并排站着，活页本拿到中间，便于两人都能看到。

"大家好！"

"我们是来自膳所的 ZEZEKARA，请多关照！"

即便只有我们两个人，我心底还是生出了几分害羞。我尽力让自己说的话听起来像关西话，但还是无法避免地显得不自然。我也不知道这样演到最后我应该做什么样的表情。我们俩只好一言不发地面对着桌子坐下。

"成濑，你真觉得这个段子好笑吗？"

我指着活页本直言不讳地问她。

"说实话，不好笑。"成濑一脸认真地承认。

"我也一起想想吧。首先，以棒球为话题似乎有些牵强。了解棒球的人很多，以此为段子素材的组合更是不在少数。没有必要刻意选择一个我们不熟悉的话题去比拼。还有，装傻也没有什么亮点，我认为装傻要有突出的笑点才能吸引观众的兴趣。"

我一开口就没打住，连珠炮似的指出了毛病。

"对不起，我可能说得有点重了。"

"没关系，我们需要坦率交流，这样的组合才能有所成长啊。"

成濑在活页纸上记下了"棒球 ×""突出的笑点"。

"岛崎，你觉得什么样的话题比较好呢？"

"我觉得贴近生活的话题或许更好。"

我理解成濑为什么想选择棒球的话题。我们计划穿西武狮队的球衣亮相，观众看了自然也会联想到棒球。但这套球衣对我而言，是关于西武大津店的美好回忆。

"比如，可以写和西武大津店相关的段子。"

成濑取出新的活页纸,记录下"西武大津店"。

"成濑,你之前不是说过要在大津建一座百货大楼吗,我觉得这个就可以写成段子。还有,你说过要吹出世界上最大的泡泡,要活到两百岁,还要在FM近江拥有一个向全国播出的固定节目,要上《红白歌唱大赛》……"

我有一种仅仅是拉了一根线,却出现了万国旗的感觉。根本不必想什么棒球的段子。

成濑说过的大话作为段子就很好,不好好利用实在是可惜。

"那些好笑吗?"

成濑双手交叉,一脸疑惑。成濑说起大话,像呼吸一样自然,她自己浑然不觉有何奇怪。

"想要更加好笑,你应该来负责装傻的角色。你一开口说'我要活到两百岁',我紧跟一句来吐槽'那你可得打破吉尼斯纪录啦'。对,你得让我来吐槽!"我说道。

"岛崎,真没想到你对搞笑会这么热衷。"

成濑用很佩服的眼神看着我说。其实,我并不热衷于搞笑,我热衷的是成濑。我热衷的是怎样才能把成濑的有趣传播给更多的人。

"如果我说'我要活到两百岁',这时你说'那我就活到三百岁'这样的装傻,我觉得也有趣。"

成濑的提议也不错。没想到找到最好的方案竟然这么难。难怪有那么多想要成为搞笑艺人的人要去培训班学习了。

等过了一周，我又觉得成濑最初拟定的棒球段子也颇为有趣。

"比我想的要难得多。"成濑挠了挠头。

"成濑，今年你的目标是想走多远？"我试探地问。

"我本来想能参加比赛就足够了。这么短的准备时间，能通过第一轮比赛就已经很难了。不过，听了你的意见后，我也觉得必须拼尽全力去争取。"

我点了点头。

我和成濑都希望尽我们所能，努力呈现出最好的漫才。

"我也试试构思一下段子。明天我们再继续讨论吧。"

"好。"

当天晚上，我试图在活页纸上写出一些段子，结果只写了两行开场白，笔尖便停滞不前。

为了寻找灵感，我在YouTube视频网上搜索M-1大奖赛的初赛视频，结果出现了许多标有"优秀业余奖"字样的比赛视频。这个奖项据说是给演出特别出色的业余漫才组合颁发的，与是否入围M-1大奖赛无关。

我打算先看看他们的能力，便随便打开了一个视频。出乎意料的是，他们的漫才都非常有趣，我不由自主地调整了坐姿，端坐在电视机前认真观赏起来。视频中每一对组合都声音洪亮，对白清晰入耳。

决赛的表演时间是四分钟，而初赛时间只有两分钟，这一细节至关重要。我曾担心在如此短的时间内能否完成一场完整的漫才，但我发现只要巧妙地抖出引人发笑的结尾，便能收获令人满意的效果。而且也正因为时间有限，能够频繁呈现出搞笑的段子，从而使表演笑点密集。

我决定放松心情，一边想象成濑的样子，一边写出一些自然的对话。

成：我想活到两百岁。

岛：你这是要打破吉尼斯世界纪录啊。

成：我已经规划好我的人生了。

岛：说来听听。

成：我打算一百一十四岁时结婚。

岛：突然跳到一百年后了！时间跨度能不能再小一点啊。

成：好，那我倒回去。十五岁时，我要在街上捡一张一千日元的钞票交给警察。

岛：这次的时间跨度是小过头了吧！

成：二十二岁时，我要在职业棒球选秀大会上，获得西武狮队前十提名。

岛：你毫无棒球经验，怎么可能？

成（进入角色）：真没有想到我能被选中。

岛：请谈谈您今后的目标。

成：首先，我想记住棒球比赛的规则。

岛：全国球迷都要声讨你了！

真正一句句写下来后，就觉得装傻的部分笑点不足。虽然一直觉得成濑说的话很有趣，但只有放在一个中学生的言行里才会觉得有趣，要想提升到漫才装傻的水平，还需要下更大的功夫。

第二天，我和成濑在放学的路上讨论着段子。

"专业级的漫才就是不一样，确实太有意思了。"成濑感慨道。

的确如此，专业的漫才艺人和我们完全不在一个层面上。

"我原以为只要声音响亮，其他的都好说，但似乎并非如此。"

"哪能那么容易啊。"

我想象了一下平时说话语气平淡的成濑大声说漫才的样子，不禁觉得好笑。那副模样或许会像"不可触碰"组合吧。

我提议："要不，我们把'不可触碰'组合的段子拿来演演看啊？"

我记得上小学时有一次作业是抄写语文教科书里的课文。我当时想，现在已经不是过去了，为什么还要手抄课文呢。老师说，通过抄写优秀的文章，可以掌握文章的节奏。同理，如果我们试着模仿一段优秀的漫才，也许也能学到一些东西吧。

回到家中，我在平板电脑上搜索到了 M-1 大奖赛决赛段子的文稿。我们观看视频，了解了台上表演的感觉之后，成濑尝试扮演装傻的角色，我扮演吐槽的角色。虽然我们的演技远远不及专业演员，但由于剧本质量过硬，即便是我们这样的外行仅仅通过对话便能感受到说漫才的节奏感。成濑的声音并不算大，但似乎比平时更有力度。

"我真想就这样把这个段子演下去。"

成濑似乎也找到了感觉。

"那可就成抄袭了。"我说道。

"不过，都是这样的吧。新手受到专业人士的影响，只能模仿他们的段子。"

或许成濑说得没错。

"我觉得像这样中途穿插短剧的形式非常有趣。"

"短剧漫才，是吧。"

成濑开始在活页纸上写起了新段子。

岛：最近，我家附近的西武大津店关门了。

成：是有这么一回事。（做出望着远方追忆的表情）

岛：你怎么像是在说发生在很久以前的事？这

不过是上个月的事啊。

成：所以，我决定在大津新建一家百货商场。

岛：你是要自己出钱建商场吗？

成：（进入角色表演）感谢各位今天光临成濑百货商店大津店的开业典礼。我是创始人成濑朱莉。

岛：创始人一般不是由本人来宣布的吧。

成：这里是琵琶湖上的最佳地点。

岛：你是把百货商场建在了琵琶湖上吗？

成：商场总共有28层，您可以在此尽情享受悠闲的购物时光。

岛：竟然会有这么高的百货商场？

成：另外，商场没有安装电梯和扶梯，烦请各位爬楼梯上下楼。

岛：谁会去爬28层啊！

成：顺便说一句，第28层是食品超市。

岛：食品超市怎么能在顶层呢？这样一来搬货都需要花很大力气啊。

"哇，我们的段子变有趣了。"

或许是受到"不可触碰"的启发，这一稿与初稿相比着实更像个漫才了，现在或许更接近成为搞笑之王的目标了。

"段子差不多写好了，我们可以边练边修改。九月份学校活动多，最好早些完成。"

九月十六日是文化节，二十五日有能力考试[1]。往年的文化节，全校学生都会齐聚体育馆举行合唱比赛，而今年的文化节则因疫情防控要求，改为各班制作视频，然后以年级为单位聚在一起观赏。

视频制作主要由班上活跃或擅长视频编辑的同学负责，而像我这样的大多数同学只需服从安排就好，这可比合唱比赛轻松多了。

"成濑，你们班准备做什么视频？"

"我们每个人都展示一个自己的才艺，然后拼成一个类似于情景剧的视频。我负责表演魔术。"

成濑拿起一支自动铅笔，突然在我眼前将铅笔变没了。

"哇？你还有这特长呢？"

我明明就在成濑跟前看着，却完全不知道她把那支笔弄到哪里去了。

"多练习练习就会了。"

成濑又不知从哪里变出了那支自动铅笔，继续开始写剧本。我心想，漫才或许也是多练习练习就会了的吧。

成濑百货商场的剧本一经完成，我们的表演方针

---

[1] 日本初高中阶段的学科考试。——编者注

也随之确定下来。我们在上下学的路上也在排练,而且每次排练后都会将段子改得更为通俗易懂或更引人发笑。有时我会因过于全神贯注而未能注意到路过的同学向我问早安。

"我们是时候该上台表演一下了。"

"什么?"

我原以为我们参加 M-1 初赛前不会给任何人表演。我想按成濑的个性,一定已经定好要给谁表演了,心里顿时涌起一股不祥的预感。

"你打算给谁看?"

"二年级的同学。"

当我弄懂了成濑的想法后,忍不住用双手捂住了脸。

"此次文化节的自由表演,我已经给我们组合报名了。"成濑说道。

文化节上各班的表演结束后,是大家自愿报名的自由表演时间,会有钢琴、乐队等演出。只是全校二百四十人中报名表演的只有十人左右,他们或是确有一技之长,或是喜欢表现。

"你在报名之前应该跟我商量一下啊。"

"我以为我们都要去挑战 M-1 大奖赛了,在文化节上表演就不是什么大不了的事了。"

成濑的想法和我完全相反。就像和陌生人一起泡温泉完全不会感到难为情一样,我觉得在 M-1 大奖赛的评委面前表演反而感到更为轻松。

"我不行。你可以自己上台表演魔术啊。"我说道。

"岛崎,我想在 M-1 大奖赛之前知道我们的段子好不好笑。是完全不好笑,还是有一些笑点。难道你不想让别人看到我们精心排练的成果吗?"

"不想!要是演砸了岂不是更丢脸。"

我只是班级里的一个普通成员,却登台进行自由表演,还要兴致勃勃地说漫才,我想想就打怵。

成濑想出了一个主意,说:"那你把脸蒙起来表演,怎么样?"

我想象了一下像摔跤运动员那样戴着面罩上台,不过,如果有人认出是我,那岂不是更加丢脸。

"嗯,就当我是勉强陪你上台表演,这样可以吗?"

成濑是年级里都知晓的另类人物。如果假装我是为了陪成濑不得已才上台表演,大家或许觉得那是无奈之举吧。

"那也行!"

成濑调整了一下脸上的口罩,然后双手握拳对我说:"我们一起加油!"

在文化节前一天的彩排上,所有参加自由表演的同学都在体育馆集合,确认出场顺序和舞台位置。我们的节目被安排在第一个,显然是用来暖场的。

在我们之后是国友梨良的钢琴演奏、津岛的杂耍表演和大泽的乐队表演。

"我可绝对说不了漫才！期待你们的节目！"

从小学就和我同校的梨良很真诚地跟我说。但我却不由自主地产生了被害妄想，心想她是不是在心里嘲笑我们啊。

在侧台等待上台时，我就已焦躁不安。成濑却是一如往常地淡定自若，不愧曾宣称自己有生以来从未紧张过。

"明天才是正式表演，今天放松表演一下就好啦。"

"是啊，但是……"

尽管这并非我初次站上这个舞台，之前在合唱比赛时也曾站在这里过，但全班同学一起站在这里和只有两个人站在这里，那种感觉是完全不同的。

"第一个节目是来自 ZEZEKARA 组合的漫才表演，有请 ZEZEKARA 上台！"

随着主持人的报幕声，我和成濑走向舞台。观众席上摆放着一排排折叠椅，三名组委会工作人员散坐在其中，似乎是在检查舞台的视觉效果。尽管只有三人，他们聚集过来的视线仍然让我感到脸颊发热。

"嗨，大家好！"

虽然开场白并非必须使用这一句，但看到有那么多搞笑艺人都在使用，我也觉得还是这一句最顺口。

"最近，我家附近的西武大津店关门了。"

我原以为一旦开始表演，紧张的情绪便会有所平复，可事实却并非如此。我一直忐忑，担心自己说错台词或忘记流程。我不停对自己说，我只是出于无奈才陪成濑演出的吐槽机器，试图以此稳住自己的心神。

"大家可以从屋顶乘降落伞下来。"

成濑突然加了一句剧本上没有的台词。面对没有编排过的台词，我这个吐槽机器顿时慌了神，不知该如何接下去。

"什、什么？那怎么可能！"

我慌忙接了一句，并紧绷着神经，担心成濑还要来更多的即兴发挥。然而，接下来的台词又回归了剧本，直到说出最后一句台词"就说到这里！谢谢大家！"，结束了表演。

听着组委会工作人员并不热烈的掌声，我们退到了舞台的侧台。

"好开心啊！"

成濑边说边用挂在脖子上的狮队毛巾擦了擦额头上的汗珠。

"一点也不开心！你怎么能随意加台词呢？"我责问道。

"既然是彩排，我想看看会出现什么状况。"成濑似乎毫无反省的意思。

"明天正式演出时，你可千万不能这样。"

"好。如果即兴发挥会影响你好好表演，确实应该避免。"

尽管她答应了不再即兴发挥，但在二百四十人面前表演漫才这一计划仍要进行。一想到正式演出，我就紧张得胃疼。

文化节当天，无论是参加猜谜比赛还是观看各班制作的视频，我都无法全神贯注，一直惦记着即将到来的自由表演。

不过，唯有成濑所在班级制作的视频我倒是看得很认真。视频里，成濑扮演了一个关键角色，一位神秘的魔术师，她从空无一物的地方变出一把钥匙交到主角手中。班里的其他同学都是一群好友合演一个节目，只有成濑是单独表演，看得出成濑和周围人有些格格不入。

看完所有班级的视频，有十分钟的休息时间。我和成濑走到侧台，换上球衣，等待出场。我比昨天还紧张，甚至连扣扣子的手都在发抖。

"成濑，你真的一点也不紧张吗？"我问道。

"紧张？我不懂什么叫紧张。我现在迫不及待想上台表演，我感到非常兴奋，我不知道这种感觉是不是也叫紧张？"

"好像不是。"

休息时间结束，大家都回到了座位上。随着出场时间的临近，我的呼吸变得越发困难。

"我们排练了那么多次，一定没问题的。"

成濑把手搭在了我的左肩上。我在心里默默重复着"一定没问题"。

主持人宣布自由表演节目开始,然后报幕道:"第一个节目是来自ZEZEKARA组合的漫才表演,有请ZEZEKARA!"

"嗨,大家好!"

当我们走向舞台中央,站到话筒前的那一瞬间,我的脑海变得一片空白。二百四十名戴着口罩的同学们坐在折叠椅子上注视着我们。我本以为此刻的会场会更加热闹,然而,应疫情防控的要求,大家都保持着社交距离,无人交谈。我没想到连这样的场所都会受到疫情影响。

看我愣在那里半天不说话,成濑提高嗓门张口道:"我们是来自膳所的ZEZEKARA,请多关照!"

"哎呀,大家都是来自膳所啊!"

我不假思索地脱口而出,竟然改了台词,还带着关西腔。成濑的眼里掠过一抹惊慌,但很快她就大声回应道:

"我们学校也有人是住在大津站附近啊!"

这样一来,装傻的角色和吐槽的角色要换过来了。我慌忙回一句我们往常练习的台词。

"说到膳所,大津西武店最近关门了。"

"是西武大津店!"

成濑的吐槽逗得台下引起一阵小规模的笑声。

"是有这么一回事。"

慌乱之中，我竟说出了成濑原本应该说的台词。

"你怎么说得像是很久以前的事似的，这就是上个月的事啊。"

成濑也回了一句我的台词。接下来，装傻和吐槽的角色完全被互换了。

"所以我决定建一家百货商场。"

"很好啊。校长也说过，梦想就是要大一点。"

成濑还真沉得住气，竟然还有心情开校长的玩笑。我恨不得落荒而逃，但又觉得中途下台需要更大的勇气。

"各位顾客，非常感谢今天能够光临岛崎百货大津店的开业典礼。我是创始人，岛崎美雪。"

"创始人一般不是由本人来宣布的吧。"

尽管我今天说的台词和平时有所不同，但是因为反复排练，这些台词已经深深地刻在我的脑海里。我们就这样演了下去，直到成濑说出最后一句："我们的表演到此结束，谢谢大家！"

当我低头深深鞠躬的时候，都能感受到自己的心脏在怦怦直跳。

我们迅速退场，这时成濑激动地拍了拍我的背：

"岛崎，你今天的角色转换真是太棒了！"

"哪有，那只是个失误。"

"没有，观众并没有察觉，而且大家都笑了。"

我回想起刚刚在台上慌乱中确实听到了观众席传

来的阵阵笑声。

"我也认为今天说得比昨天彩排时更有趣!"

在后台等待上台的梨良向我们竖起了大拇指,随后拿着乐谱走向了舞台。

"你看,国友都这么说了,你应该对自己有点信心嘛。我认为还是我演吐槽,你演装傻更合适。我们把段子名称改为岛崎百货商场,然后再完善一下吧。"

随着心跳逐渐平缓,我开始觉得今天的失误其实并没有那么糟糕。大家的笑声和梨良的评价都证明了这一点。既然演出效果好于以前,那就应该采纳成濑的建议。

"好,那我来演装傻吧。"

"就这么定啦!"成濑满意地点点头。

"看来,我们还有很大的进步空间。说不定我们第一次亮相就能通过初赛呢。"

这才是我认识的成濑。为了不拖成濑的后腿,我也必须练好装傻的角色。梨良轻快优美的琴声犹如为《ZEZEKARA》下卷奏响了序幕。

文化节结束后,同学们纷纷发表评论。他们说我们的表演生动有趣,虽然这些夸奖可能是出于礼貌,但也让我心头泛起一抹喜悦。

有同学说:"原以为成濑才是那个装傻的角色呢。"

我会心一笑,回应道:"是吧。"

九月十八日,文化节过后第二天,在放学回家的路上,成濑说文化节的工作人员把我们的表演录制下来并制成了DVD。

"我们一起看看吧。"

演出效果虽然还可以,但我并不想回看我出现失误的地方。

"哦,你一个人看就好了。"

"不。你表现得很完美。我希望你能站在观众的角度指出我的不足之处。"

尽管我不太情愿,但也理解成濑的良苦用心。

"好吧。那就到我家里去看吧。"

幸运的是妈妈不在家,我们便用客厅中的电视播放了那段录像。只见镜头中,我们身穿西武狮队的队服走到舞台,说了一句"嗨,大家好!",我顿时感到害羞,忍不住发出了尴尬的笑声。

"哎呀,大家都是来自膳所啊!"

这句改变了我们命运的台词,声音出奇地响亮。成濑的声音亦是清晰响亮。通过DVD能够听到一阵笑声传来,让人知道我们两个人是在说漫才。

"你那时真是神了。原来你是不鸣则已,一鸣惊人啊。"

成濑对我们的表现相当满意,但从客观上来说,还是有些不足。尤其是我,由于意外调换了角色,我努力避免说错台词,导致眼神时而飘忽,缺乏足够的自信。

"如果我们能更自信地进行对话，而不只是机械地背诵台词，效果可能会更好。"

显然，我们连漫才最基本的部分都没有做到位。

"没错。我们需要表现出一种'我们已经准备了3年'这样的气场才行。"

我们重新播放了DVD并讨论其中的细节。这一次我们只把自己看成一个叫作ZEZEKARA的漫才组合，客观地审视表演的每一处细节，就不再感到害羞了。

"明天就开始进入四天小长假，你有什么安排吗？"成濑问道。

"没什么特别安排。就快期末考试了，我打算在家复习。"

话虽如此，但我知道每天学习最多也就两小时，剩下的时间大概会用来观看视频或休闲地度过。

"那我每天五点过来，我们一起练习一下吧，哪怕是练一会儿。每天坚持很重要。"

于是九月十九日到二十二日的小长假期间，成濑每天下午五点都来到我家和我一起练习段子。这种持之以恒、踏踏实实努力的精神，正是成濑的风格。

段子的质量不断提高，与最初的棒球段子相比已经有了显著进步。我开始觉得闯进初赛、摘得业余奖已经不是遥不可及的梦想了。

"对了，漫才比赛的集合时间定下来了。"成濑说道。

我打开平板电脑登录 M-1 大奖赛的官方网站，上边显示着九月二十六日参赛组合的名单。ZEZEKARA 被分到 G 组，集合时间是十四点二十五分。

成濑离开后，我又一次浏览了 M-1 大奖赛的网站。看着自己起的组合名 ZEZEKARA 出现在网页上，我非常高兴，连忙招呼妈妈一起观看。

"我们的组合名在上面！"

妈妈认真地翻看着参赛名单，惊呼道："你们和千岛酱组合是同一个组啊！"

"千岛酱组合？"

我滑动屏幕，看到我们组第三个名字正是千岛酱组合。

"他们最近经常上深夜节目，负责吐槽的蛋黄酱隅田长得很帅。真羡慕你啊，我也想去现场看他的表演。"

"好像只有小学生才能由家长陪同。再加上今年因为疫情会场不对外开放，观众是进不去的。"

"那太遗憾了。"

我好奇母亲如此关注的千岛酱组合到底是何方神圣。

我在 YouTube 上搜索，在千岛酱的官方频道上找到了他们的漫才视频。身材高大的番茄酱横尾讲出精彩多变的装傻段子，而五官端正的蛋黄酱隅田则优雅精准地吐槽。他穿着黑色西装，身材有型，帅气十足，难怪这么受欢迎。

蛋黄酱隅田的推特上有许多评论表示支持他参加M-1大奖赛。这些评论人在个人资料中都自称为"蛋黄酱控"，可见他们都是蛋黄酱隅田的粉丝。

我把平板电脑调到睡眠模式后，心中不禁感叹，如此杰出的专业选手将和我们同台竞技，就连我妈妈都更加关注千岛酱组合，而不是ZEZEKARA，可见我们的水平悬殊。

我一度以为我们或许有可能侥幸闯过初赛，但现在看连这种侥幸的可能性都没有了。

即使我们到了大阪，现场除了高冷的评委，没有其他的观众，那么我们这趟行程还有什么意义呢？我开始打退堂鼓，参赛的动力也在逐渐减弱。

我甚至暗自祈求干脆因为某些原因无法去大阪就好了，但期末考试结束后，九月二十六日还是如期而至。

那天下午，我穿着校服，拖着沉重的步伐从家里出发。沿途我与成濑汇合，一同从膳所站坐上了开往大阪的电车。

这是我们俩第一次一起乘坐电车。我以为成濑会提出一些奇特的乘车建议，诸如坐电车时要踮起脚尖锻炼腹肌等，但她只是毫不犹豫地选择了一个靠窗的双人座位，随即落座。我坐在了她旁边。

"成濑,你经常去大阪吗?"我问道。

"去得不多。我妈妈提醒过我,从JR大阪站去地铁梅田站换乘时很容易迷路,要特别注意沿着御堂筋线的红色标记走。"

我最担心的也是换乘问题。我们在大阪站下了电车,就按照成濑妈妈的建议,找到御堂筋线的指示牌,沿着红色标记前行。

"感觉我们像是在玩逃脱游戏啊。"

我们顺利到达地铁站,恰好与一对穿着某棒球队球衣的年轻情侣擦肩而过,我猛然意识到一个令人绝望的事实,在检票口前停住了脚步。

"怎么了?"成濑问道。

"我忘带球衣了!"

我记得我在文化节结束后洗了球衣,然后放进了衣柜里,今天打开衣柜时,它肯定还在衣柜角落待着。

"对不起,真的很对不起。"我双手合十,贴在额头上,拼命道歉。

都怪我粗心大意,马上要上台表演了,却忘带了服装,这实在是不应该发生的。就算现在叫妈妈送过来,可能也来不及了,而且这种衣服也不是随便在哪儿就能弄到手的。

"没关系的,岛崎。"

我抬起头来,成濑正平静地看着我。

"没有球衣我们照样能演漫才。是我不好,在膳所站时我也应该再确认一下。"

如果我是成濑,一定会不高兴。我怀疑她心里在暗自生气,但成濑似乎洞察了我的心思,向我摇了摇头。

"你能和我一起演出就已经很好啦。"

我微微一怔。从我们组队到现在,成濑从未责备过我,虽然她肯定对我的技能和态度有一些意见。

"成濑,如果你对我有什么想法,一定要说出来。"

"没有。"

成濑不自觉地移开了目光。这时我确信成濑对我根本不抱什么期望。对她而言,与其说我是她的搭档,不如说我是类似于腹语师手里的人偶、魔术师手里的鸽子或者初中生手里的纸箱般的存在。

当然,这也是因为我之前态度消极导致的。早知如此,当初参加文化节时态度再积极一些就好了。

"真的吗?你说过能坦诚相见的组合才能进步不是吗?"

经我这样一激,成濑似乎意识到了什么,说道:"那么今天千万不要有口误,好吗?"

"知道了。"

我们刷了 IC 卡通过梅田站的检票口,上了地铁。

走出地铁站,迎面就看到朝日生命馆所在的大楼。大楼门口聚集了许多年轻女性。难道这些人也是来参加 M-1 比赛的吗?我一边想着一边走进大楼,坐电梯来到八楼的接待处。

"请您交报名费。"

我还没反应过来是怎么回事,成濑就已经从钱包里拿出了两千日元。

"啊,我也要付。"

"不用了,是我让你陪我来的。"

我摇了摇头,从自己的钱包里拿出一张一千日元。

"我可是你的搭档啊。"

成濑微笑着说了句"那好吧",便收回了一张一千日元。

我们把写有参赛号码的贴纸贴在胸前,进了等候室。在一间摆放着像社区会议室用的办公座椅的房间里,已经有三组选手坐在那里,他们都保持着一定的间隔。

我一眼就认出了千岛酱组合。蛋黄酱隅田身穿黑色西服,戴着黑色聚氨酯口罩,即使脸被遮住了,也能看出他很英俊。刚才出现在门口的女性们,肯定都是在等着见他的"蛋黄酱控",而不是参赛选手。

另外两组分别是一对年轻的男性组合和看起来像是爷爷和小学生孙子的组合。

"5082 是 $2 \times 3 \times 7 \times 11 \times 11$。"

成濑不知为什么在给我们的参赛编号 5082 进行除法。

"你在干什么啊?"

"当我看到大的数字时,就想进行质因数分解。"

千岛酱组合的参赛号码是三位数,说明他们是早早就报了名的。

"我们最后再来练一下段子吧。"

我和成濑面对着墙站好,最后再对了一下台词。

"成濑,你要穿球衣吗?"

"不,我不穿。"

虽然我们两个都穿着白色衬衫和黑色裙子,但和参赛报名表上的球衣照片比起来,缺少了那种特别的感觉。

"哪怕只有你一个人穿上球衣,感觉也会更好吧。"

"不,这样正好。穿着完全不相关的西武狮队的球衣,试图以此来塑造角色,我觉得这样的想法有些天真。总之,我们要依靠内容取胜。"

我们正说着,工作人员过来让我们四组到舞台那边去。千岛酱组合在用手机自拍,可能是要在社交媒体上发布即将上台的消息吧。

我们站在舞台的侧台,保持着适当的距离,等待上台。本以为这个时候会更紧张,但事实上却感觉此刻非常不真实,心里有些发毛。

同一组第一个出场的是千岛酱组合,随着上台的提示,两人精神饱满地跑向舞台。

我们能听到他们响亮而明快的声音,却听不到观众的笑声。

"成濑，你知道千岛酱吗？"我小声问道。

她回了我一个"为什么现在要提千岛酱"的表情。

"千岛酱是现在上台的那对组合的名字。"

成濑恍然大悟地点了点头。

"我不知道，但我觉得他们很专业，说不定将来会成为我们的前辈，是不是应该好好打个招呼才好？"

"不，现在这个时候我觉得还是不去冒昧搭话为好。"

话虽如此，但其实我也有点想跟他们说说话。

前一个组合的表演结束了，我看了看舞台，工作人员正在给麦克风消毒。

"终于到我们了。"

我们摘下口罩放进口袋。在成濑朱莉历史上记录M-1大奖赛的时刻到了。上台音乐响起，我和成濑一起走到麦克风前，向大家问候："嗨，大家好。"

面向前方，映入眼帘的是一片空座位。这个可以容纳三百六十八人的大厅中央，只有四个评委分散而坐。后面也不过是零星几个工作人员，大多数座位都露出褐色的椅背。若不是因为新冠疫情，应该有许多喜剧粉丝坐在那里吧。反而是在文化节上面对二百四十人时，比现在要紧张得多。

"我们是来自膳所的ZEZEKARA，请多关照。"

听到成濑的声音，我的心放下来了，一切如常。

"最近我家附近的西武大津店关门了。"

"是有这么回事。"

"你怎么说得像是很久以前的事似的！这就是上个月的事啊！"

每天的练习都是为了今天。想到这里，感觉像是丢了魂，我急忙集中精神。观众席上完全听不到笑声，但这都无关紧要。现下我必须完成和成濑的约定，不能有口误。

表演的过程中，我感觉自己仿佛飘到了上空在俯视成濑的成长。虽然现在台下只有屈指可数的几个人，但总有一天成濑会在更多观众面前登台表演。如果可能，我也想站在她的身旁。

"就说到这里了！谢谢大家！"

我深深地鞠了一躬，抬起头，眼前都是空荡荡的座位，我将这一景象深深印在了我的脑海里。

"感觉就像做了一场梦。"

成濑说着，咬了一口苏打味的冰棒。

漫才演出结束后，我们直接返回了膳所站。出了车站，眼前都是熟悉的景色，简直不敢相信一小时前我们还在大阪这座大城市待过。我不想就这样直接回家，于是约成濑去7-11便利店买了冰棒，坐在马场公园的长椅上吃。

我一边吃着巧克力薄荷味冰棒，一边望着街对面的原西武大津店。已经没有人再进出了，它静静地坐落在那里等待着被拆除。

"什么时候公布结果？"

"今天晚上九点。"

成濑把吃完的冰棒棍放进袋子里。

我们一起在我的房间里等待比赛结果的揭晓。我们在第一轮比赛就被淘汰了，优秀业余奖颁给了别的组合。虽然知道比赛不会那么容易，但还是很沮丧。我望向成濑，她表情平静，只是微微点了点头。

千岛酱组合通过了初赛。蛋黄酱隅田的比赛结果在推特上得到了大量的祝贺回复。这让我很想向蛋黄酱粉丝们炫耀一下，我们也曾置身于那个静悄悄的朝日生命馆。

"明年还会参赛吗？"

我这样一问，成濑思索了一下，说：

"第一次尝试基本就是这种结果，但成为搞笑之王还是遥不可及呀。我倒是打算再次参赛，不过到了明年说不定我会有其他更想做的事情。但不管怎么样，我现在可以自豪地说'我参加过 M-1 大奖赛'啦。"

听成濑这么说，我意识到 M-1 大奖赛的历史也深深地刻在了我的人生中。

今年的决赛比以往任何时候都让人期待。

"表演漫才比我想象的还要开心，明年的文化节我还想演。"

"啊？我可不想！"

虽然我嘴上说不愿意，但我也觉得在文化节上演出很开心，两个人穿着球衣表演漫才也是个不错的回忆。

　　成濑又拿出了活页笔记本开始写些什么。不知道下一次我们能创造出怎样的漫才。如果我们成为老奶奶后，还能继续以 ZEZEKARA 组合的身份表演漫才，那该多美好呀。

楼梯处不奔跑

我把从站内小卖店买的彩色软糖放进了嘴里，不一会儿，淡淡的甜味儿就四溢开来，缓解了我大脑的疲惫。今天从大阪站就有座位，我可以坐到滋贺了。一说我住在滋贺，大家很容易认为我是在一个很偏远的地方上下班，但其实坐新快速的话四十分钟就能到大津站。年轻时坐车，即使站着也没觉得累，但过了四十岁，我更希望尽量坐着。

我打开手机上的推特，时间轴上熟悉的图标们纷纷发出"震惊""痛心"的文字。我滚动屏幕欲求究竟，当我看到"震源"时，我嘴里的软糖差点飞出来。

西武大津店即将闭店

西武大津店（大津市鸠之浜2号）将于明年八月末结束营业。该店于一九七六年六月开业。一九九二年营业额达到顶峰后，近年来销售额持续低迷，故四十四年的历史将落下帷幕

现在是十月，距离商场闭店不到一年了。我咬了一下嘴里残余的软糖，一种分不清是草莓还是苹果的

味道弥漫开来。

西武百货，终于要消失了。

我生于一九七七年，可以说西武百货见证了我的成长。尽管最近很少去那里，但我总以为它会一直陪在身边。

就在我翻看推特的时候，收到了来自阿贤的 LINE[1] 信息。

"敬太，你看到西武的新闻了吗？"

阿贤是我从小就认识的朋友，现在是一名律师，在西武大津店附近的心动坡有一间办公室。他和妻子以及两个儿子住在新滨的一个公寓里。而我和父母住在一起，至今单身，或许因为这个原因，他认为我比较容易约见，所以现在我们也会经常见面。

"看到了。"

我回复后，他立刻发来信息问道："周日去西武吗？"尽管现在去已经没有意义，但我能理解他那种想去的心情。在我同意后，我们相约周日下午三点在商场门口集合。

我切换了手机界面，重新打开推特。我的推特账户关注数 500，粉丝数 50，是一个不起眼的微型账户，我偶尔在上面发一些无聊的推文。我用了化名，所以真实生活中的熟人应该不会认出我。

---

[1] LINE 是一款流行的即时通讯应用程序，起源于日本。——编者注

我知道阿贤在推特上用的是真名加本人照片头像，但我没有关注他。我有点好奇他是否会在推特上提到西武百货关闭的事情，于是搜索了一下，发现他转发了一条新闻链接，只写了一句"难过！"，还配了一个哭脸表情。

我引用并转发了《近江日报》报道西武大津店闭店的推文，并加了一句评论："这一天终于来了吗？"我这条小小的评论瞬间就被大津市民的推文所淹没。

三天后，我如约去了西武。

阿贤身穿浅蓝色衬衫，正和一位陌生的老人聊天。当我走近他时，老人说了一句"那再见了"就走开了。

"你还是那么有人缘。"

走在这附近，经常会有人跟阿贤搭话。他那种亲和力是与生俱来的，让我觉得他不久就会当上议员。

"感觉今天这里人比平常多了不少，可能都是因为看了新闻才来的吧。"

阿贤一边说着，一边扶了扶他的眼镜框。似乎也有不少人像我们一样在这里和朋友见面，到处都传来"好久不见"之类的问候声。

一走进店里，就听到了那熟悉的西武狮队助威歌。虽然已宣布闭店，但店内营业一如既往，并无异样。

我们决定随便转转。每当阿贤讲起往事，连一些细节他都记得很清楚，我总是感叹他的记忆力实在是太好了。

"对了,屋顶现在还能上去吗?"

当我们走到六楼时,阿贤问道。

屋顶上有一座灶神,孤零零地伫立在那,散发着孤独和宁静的气息。我们上小学时常去那儿玩,但成年后就再也没去过。

"要不要去看看?"

我们来到通往屋顶的大楼梯前。曾经仿佛从城堡里搬来的闪闪发亮的大理石楼梯,现在已经变得黑乎乎的。

"记得小学三年级时,我们在这个楼梯上比赛谁跑得快,结果让店长发现,还把我们数落了一顿。"

我一边上楼梯,一边说道。阿贤很怀念地回答道:"是呀,是有这么一回事。"那位店长个子很高,总是穿一身笔挺的西装,皮鞋擦得锃亮,看起来像个演员。我们已经习惯了关西口音的训斥声,当听到店长用温和的东京口音提醒我们"别跑,这样很危险,会受伤的"时,我们总是不由自主地乖乖听话。

我们爬到了七楼顶层,前方却有一道铁栅栏挡住了去路。栅栏不算高,对我们来说轻而易举就能翻越,但阿贤笑着说:"以我们现在的身份,翻过去不合适吧。"

的确如此。再说,就算我们翻过了栅栏,通向屋顶的门仍然可能会上锁,那样的话还是无法到达屋顶。

"看来是再也上不去了。"

话一出口,心里就一阵难受。本来还在愉快地回想着往事，现在却突然被现实打断。我和阿贤都默默无言，注视着栅栏的那一边。

"我们去喝杯茶吧。"

阿贤像是回过神来似的说道。于是我们向同一层的餐厅角方向走去，恰巧看见两个男人从烤串店里出来。

"诶？阿贤！"

一个有点面熟的帅哥冲我们打招呼。

"哇！是龙二和冢本！"

我还没认出他们来，阿贤就先叫出了他们的名字。龙二和冢本也是我们小学同学，他们已经离开了大津市，他们说是听闻西武即将关闭，特意赶回来看看。

"我目前在大津做律师。"

"我知道！刚才还路过吉岭贤法律事务所呢。"

"敬太，你现在做什么工作？"

"我在大阪的一家网络公司，制作网页什么的。"

正当我们四人聊着近况时，突然听到身后有人喊："这该不会是阿贤吧？"我回头一看，是两位和我们年龄相仿的女性站在那里。

"哇，太神奇了吧？是相泽和今井吧？"

多亏了阿贤那超人一般的记忆力，我好像也想起来了。两位女性相视而笑："好久没听到别人叫我们娘家姓了。"

"我们刚在那儿吃完巴菲[1]。"

脸圆圆的今井指了指米勒咖啡店。

"一听说西武要关门,我就坐不住了,赶紧来了。"

相泽专程从东京坐新干线赶来,她身着一件像参加婚礼时穿的连衣裙,显然是精心打扮过。我突然想起,在大家都背着红色和黑色书包的年代,唯有相泽与众不同,她背的是一个粉色书包。

"我们俩也是刚刚在这儿偶遇的。"

"不会吧?"

"龙二,你还是那么帅。"

"我记得以前就有许多女生喜欢你哦。"

大家开始交谈起来,气氛越发热烈。正当我想着,这么多人聚集在酒吧门前会不会影响店家营业时,阿贤提高嗓门提议道:

"咱们别在这里站着说话了,去我办公室喝两杯如何?"

四个人的眼睛顿时亮了起来,就像是小学游泳课上获得自由活动时间的小学生一样。

"啊?真的可以去吗?"

"走吧走吧。"

---

[1] 巴菲是一种源自法国的甜点,其名称来自法语单词"parfait",意为"完美"。最初的巴菲是一种冷冻甜点,主要由糖浆、鸡蛋和鲜奶油制成,冷冻后取出,通常放在盘子上,并加上一些配料,如水果或坚果。日式巴菲则更加注重装饰和色彩搭配,通常会使用各种水果、奶油、冰激凌等食材,在玻璃杯中层层摆放,形成既美观又美味的甜品。——编者注

阿贤似乎看出我有些犹豫，小声问我："敬太，你去吗？"我今天本打算只和阿贤见面，所以穿得比较随意，一件优衣库的 Polo 衫搭配牛仔裤。老实说，我有些嫌麻烦，但也并不想扫大家的兴，所以笑着说："当然去。"

我们在一楼的超市里买了点喝的和下酒菜，走出了西武商场。在这条心动坡上，有我们以前的小学。

"心动小学！"

看到正门上挂着的"大津市立心动小学"的校牌，冢本苦笑着念道。这里确实是我们以前上学的地方，但当时叫作大津市立马场小学。平成初期，通过公开征集，这条路得到了心动坡这一爱称，校名也随之改成了心动小学。

沿着这条坡，再往上走一点，就能看到"吉岭贤法律事务所"的蓝色招牌。尽管我经常路过这里，但还是第一次进去。

我们被领进一间咨询室，室内有一面装着百叶窗的大窗户，中央摆放着一张白色长方形桌子，周围整齐地放着八把椅子。我们把买来的啤酒、果酒、饮料和下酒菜等摆在桌子上。

"来，为了这次难得的重聚，干杯！"

在阿贤的带领下，大家纷纷举起酒杯。我也和大家碰了碰杯，喝了一口清爽的桃味果酒。不一会儿，大家便热烈地聊了起来。虽然我一开始没什么兴致，但一旦融入进去,感觉也能和大家聊得愉快。

"这个柚子胡椒味的薯片超好吃的,不过这附近只有西武有卖。关店前得多囤点了。"

今井让我尝一款我不太熟悉的薯片。这让我想起她以前的样子——总是精明能干,像大家的妈妈一样。我接过一片放进嘴里,尽管我并不喜欢这个口味。

"在网上不也可以买得到吗?"

"话是这么说,但我更喜欢那种去店里逛逛,顺便买一袋的感觉。"

我尝了一片蘑菇山饼干清清嘴里的味道,这时阿贤说道:"我是买不到送人的点心礼盒了,真的很不方便。"我妈妈也说过,经常在西武买东西,关门了就很不方便了这种话。可见,西武和当地居民的生活是紧密相连的。

"刚才想和敬太去屋顶看一看,结果被栅栏挡住进不去了。"

阿贤这么一说,冢本以肯定的语气回答道:"那是因为泡沫经济破灭后,有个背负巨额债务的社长在那里跳了楼,所以那里才被封锁的。"

"是吗?我听说是因为一个失恋的女人从屋顶跳了楼。"

相泽也接话了。这些故事听起来就像是都市传说一样。其他成员似乎都是第一次听说,露出了难以置信的表情。

"不过也有可能。我家孩子小时候只要去六楼促销区就会哭,别的地方都没事,总是在同一个地方哭。不是说小孩子能看见大人看不见的东西吗,可能那附近真的有不能安息的灵魂。"

虽然明知道不存在什么幽灵,但今井这么一说,我还是感觉有些阴森,总觉得挡住去路的铁栅栏似乎封印着什么。为了转移注意力,我又喝了一口桃子果酒。

"啊,对了。"

似乎是打算打破这凝重的气氛,阿贤起身在墙边的书架上开始翻找。

"找到了!毕业纪念册!"

阿贤高举着毕业纪念册,随即响起一片欢呼声。

"办公室里怎么还会有这个?"

"有次带过来,然后就忘拿回家了。"

阿贤每翻一页,大家都兴奋地发表各种感想。当翻到我和阿贤所在的六年三班的页面时,大家更激动了。

"阿贤,你真是一点都没变啊。刚才我一眼就认出来了。"

听到相泽这么说,阿贤回道:"上次和儿子走在路上,居然被误认为是兄弟,我都不知如何是好了。"

他的话引来了一阵爆笑。

"啊,原来拓郎也是三班的。"

龙二的一句话让大家更加兴奋起来。当听到这久违的名字，我感到一阵莫名的紧张，仿佛被点名的是自己。

"我记得敬太跟拓郎也是好朋友呢。"

冢本突然提到我，我来不及反应，只能说："是、是啊。"

"他当时还是啦啦队的队长呢，那时好帅啊。"

"幸子，你那时是不是喜欢拓郎啊？"

"那时他总是戴着一顶狮队的帽子。"

拓郎，全名笹冢拓郎，是我们年级的风云人物，也是我们的中心人物。任何事他都会冲在前头，经常会提出一些规则有趣的游戏。比起在家玩游戏，我更喜欢和拓郎一起在琵琶湖边或者西武百货玩耍。

"但是，拓郎不是在毕业前就转学了吗？"

今井这么一说，热闹的气氛顿时安静下来。

小学六年级寒假期间，拓郎突然消失了。年初去学校一看，大家都在议论拓郎好像转学了。当班主任浅井老师告诉我们"笹冢君已经转学了"的时候，我不自觉扭头看向了阿贤。那时阿贤用双手捂住了脸，我看不清他的表情。

"前几天在推特上看到有个叫拓郎的账号，我就想会不会是他。"

"啊？是哪个账号呀？"阿贤立即追问道。

相泽翻看着手机说："好像是在闭店通知发布那会儿看到的。他应该是转发了那条闭店新闻。"

我不由自主地伸手去拿了一片根本没兴趣吃的柚子胡椒薯片。

"啊,找到了,就是这个人。"

阿贤小心翼翼地接过相泽的手机,滑动着屏幕。

"真的,他还在《游戏男孩》发售三十周年的新闻下发表了评论,看起来和我们是同龄人。"

我想把话题从推特上移开,于是提高嗓门问道:"我们小学毕业是哪一年来着?"阿贤一边把手机还给相泽,一边回答道:"一九九〇年三月。"

"那明年不就是小学毕业三十周年了吗?"

龙二兴奋地说道,仿佛有了一个世纪大发现。

"还真是呢!要不要组织同学聚会啊?"

"之前从来没有组织过。"

"我们今天偶遇,说不定就是老天爷的安排,要让我们组织同学聚会呢?"

大家的目光都集中到了阿贤身上。他曾多次担任过班委,现在也住在本地,作为组织者,没有人比他更合适了。

"既然大家这么希望我来组织,那就只好恭敬不如从命了。"

阿贤说完,脸上露出一抹清爽的笑容。大家不约而同地鼓起了掌,我也跟着大家拍了拍手。

"最好能赶在西武闭店前聚会。"

"我们那届有两百多人呢,不知道能有多少人来?"

"可以建个同学群,我来负责!"

大家在随意畅聊时,阿贤一手拿着啤酒,一手记着什么,不时点头附和。我斜眼看着他,同时把一块焦糖玉米放进嘴里。

到了下午六点,办公室的小聚接近尾声。同学会定在明年七月,在琵琶湖大津王子酒店举行。

"本来看到西武要闭店的消息很难过。不过,却借此机会见到了大家,而且还定下同学聚会的事儿。坐新干线过来也是值了!"相泽显得很高兴。

"真是那样。这就是所谓的'塞翁失马,焉知非福'吧。"龙二也十分开心。

在一片"再见"声中,大家兴高采烈地回去了。

我留下来帮阿贤打扫办公室。在安静下来的咨询室里,空啤酒罐和零食袋留存着他们四人的气息。

"阿贤,你这么忙还接下组织同学会的事,应付得过来吗?"

阿贤作为一名社区律师,工作十分繁忙,而且他还担任着心动社区夏季庆典的组织委员会主席。听说他在家里还负责家务和照顾孩子,如果再加上同学聚会的组织工作,怎么看都觉得真是太忙了。

"没事,这种事我擅长,再说了,总得有人来做。"

阿贤一边收拾垃圾,一边用爽朗的声音回答道。我总是愿意跟在别人后边走,阿贤似乎天生就与我不同。

"而且，我觉得要是开同学聚会的话或许能见到拓郎。"

看到阿贤的脸上掠过一丝阴影，我垂下头，装作专心擦桌子的样子，心里却回想起那段时光。

一九八九年年末，我们都在西武的大楼梯上玩儿。由于店里在搞年末促销，人很多，而楼梯却很少有人使用，所以即使我们稍微吵闹些也不会有人说我们。这里还有微热的暖气，可以说在寒冷的冬天，这里是个绝佳的聚集地。那天除了我、拓郎和阿贤，另外还有三个人在场。

阿贤带来了他刚收到的圣诞礼物——一个掌上游戏机，让我们一起玩俄罗斯方块。我们轮流玩，但由于不熟练，我和拓郎很快就出局了。大家都笑了，但没有嘲笑的意思。

最后，阿贤演示了一次。方块像有趣的拼图一样巧妙地堆叠在一起，接着又三排四排地一起消失。我们都围着阿贤，目不转睛地盯着那小小的屏幕。

阿贤这一局结束后，拓郎站了起来。

"难得大家都在，我们来玩格力高猜拳游戏[1]吧。"

拓郎说的话我同意，但刚看过阿贤怎么玩俄罗斯方块，我想再玩一把，而且其他伙伴看起来也一副还

---

[1] 日本一种儿童游戏，参与者站在楼梯上猜拳，赢的人喊"格力高"等词语，上几级台阶，最后先到顶点的获胜。——编者注

想玩第二轮的样子。

阿贤似乎也看出了我们的想法,提议说:"我们再玩一局吧。"然而拓郎并不买账,说:"俄罗斯方块什么时候都可以玩啊。"我记得拓郎说这话时的语气并不让人反感,但阿贤却一反常态地表示强烈反对。

"我们总是听你的,偶尔也该听听我们的意见吧。"

此刻我才意识到,我们的确总是在听拓郎的,阿贤对拓郎的不满让我感到惊讶。

之后,两人开始互相抱怨对方平时的态度。我觉得双方说辞各有各的道理,因此只能默默地看着他们。

"好吧,随你的便!"

最后,拓郎扔下这句话,就朝楼下跑去。

说到底,这只是小学生之间的玩闹,这种程度的冲突再平常不过。过了年我们就会像往常一样和好如初,可是万万没想到,拓郎就此从我们的生活中消失了。

当我们和家人一起过年的时候,拓郎是怀着怎样一种心情,从这里搬走的呢。

正因为发生了这样的事,大家在阿贤面前都会回避提及拓郎。我也希望见到拓郎,但有什么办法能联系到拓郎呢?

"你知道拓郎的联系方式吗?"

"不知道,但要是去找的话,应该能找到吧。"

我知道并没有那么容易。我曾在网上搜索过很多次笹冢拓郎的名字，但一直没找到任何线索。

"如果能找到就好了。"

我真心这样想。也许只是我没能找到拓郎，如果是阿贤去找，说不定就能够找到。阿贤向我点了点头说："一定会找到的！"

收拾完，我离开了事务所。十月已经进入中旬，天气逐渐转凉。我向琵琶湖的方向望去，看见西武大津店屋顶上的蓝色招牌闪闪发光。一想到明年的这个时候那光就会熄灭，不禁感到夜晚的寒意格外强烈。

二〇二〇年，新冠疫情席卷全球，导致人们出行受限。许多人都认为生活变得极为不方便，但我却因为可以居家办公而暗自高兴。在此之前，每当我对公司产生不满情绪时，便会质疑它是不是一家黑心企业，但当公司率先推行全员居家办公时，我改变了我的看法——这是一家多么了不起的公司啊。

在家工作时，我通常会开着电视，因为周围太安静会让我感到心神不宁。我特别喜欢琵琶湖电视台的《周游特别节目》，这是一档在傍晚播出的本地节目，介绍滋贺县的信息。它似乎并不追求高收视率，这种不造作的风格让我感到格外舒适。

据《周游特别节目》报道，西武大津店从上周五（六月十九日）起举办了一场"四十四年回顾展"。我很想去看看，就在当天，阿贤也发来了消息："要不要一起去看看西武百货的回顾展?"

我们约在正门入口处集合,我先到了集合地点。

正门新添了一块电子显示屏,上面赫然显示着"距离关店还有65天"的倒计时。要是写着什么好消息也就罢了,这个关店倒计时只会让人感到失落。这时,阿贤戴着绿黑相间的方格口罩走了过来。因为受疫情的影响,我们很长一段时间都没见了。我调侃道:"你这口罩挺有特色的。"阿贤也打趣道:"我老婆给孩子做口罩时,顺便给我也做了一个。"

到了七楼的展厅,我们看见整面墙都贴满了历史照片。

"哇,这是鸟乐园啊!"

其中一张特别引人注目,我指着惊叹道。现在变成金字塔形玻璃窗的那部分,过去被称为鸟乐园,里面养着形形色色的鸟。尽管照片是黑白的,但我们仍能回忆起那五颜六色的鸟儿在里边展翅飞翔的情景。

"当时好像还有气球自动售货机吧。"

"有!我妹妹经常让我爸给她买气球来着呢。"

记得那时天花板上经常会飘着从孩子们手里放飞的气球。妹妹小心翼翼地把气球带回家,但第二天气球蔫了,她就会哭丧着脸。

其他顾客也指着照片回忆着往事。身边一位陌生的大叔大声感慨:"好怀念啊!"我默默地点了点头,心里感到十分赞同。看完一圈展览后,我们走进了位于同一楼层的米勒咖啡馆。米勒的招牌当属巴菲。我点了一个巧克力巴菲,阿贤点了抹茶巴菲。

"我们事务所为了防疫安装了塑料帘和亚克力板,不知有没有用。"阿贤说道。

我们面对面坐着,中间隔着一块透明的亚克力板。

"孩子们也挺可怜,学校活动都取消了。我家老大本来今年有乘'湖之子'[1]的住宿活动,但现在只能当天返回。运动会也要按年级分开举行。"

"湖之子"是滋贺县小学五年级学生的一项传统活动,他们会乘坐专门的学习船进一步了解琵琶湖。虽然我对孩子说了一句"那太遗憾了",但我觉得孩子们并不太在意。至少我不是那种热衷于学校活动的人,因此取消活动对我来说反而是一件减少了麻烦、值得高兴的事。

"同学聚会也推迟了,太可惜了。"

我附和着阿贤的话,阿贤皱起眉头说:"真的是太可惜了。"

取消举办同学聚会的计划,是三月下旬的事。二月下旬时其实形势已经有些不妙,但当时我们还乐观地认为,夏天之前疫情就能结束。然而,当学校停课

---

[1] 1983年,琵琶湖出现了水华现象。之后,日本实施了一系列严格措施,使接近于"死湖"的琵琶湖恢复了生机。而那一年,为了从小培养学生的环保意识,滋贺县投入3亿日元打造了琵琶湖"湖之子"号水上学习船,组织县内所有小学生在船上进行两天一夜的环保学习。——编者注

和一系列活动相继取消之后,我们意识到了问题的严重性,阿贤决定推迟同学聚会。

"哎,怎么会变成这样!"

看着阿贤双手抱头、似有不甘的样子,我忍不住问道:"你就那么想办同学聚会吗?"

在我看来,即便见到了老同学,生活也并不会发生什么变化,这只是一个无关紧要的活动。

阿贤没有感到不悦,用轻松的口吻回答:"想办啊。"

阿贤继续说道:"小学是很特别的。随着升入高中和大学,遇到的人的范围会越来越窄。小学则不同,因为我们会与同年出生或者住在附近的人聚集在一起,所以会结识各种各样的人。

"去年,在西武百货见到大家,到我的事务所一起喝酒聊天,我觉得特别高兴。虽然我们现在各自走上了不同的道路,但作为一起度过小学六年时光的朋友,我们能够相互理解,这让我很感动。我想今后也要珍惜这个缘分。"

正当我听着阿贤大发感慨时,店员给我们端来了巴菲。

"您的巧克力巴菲,让您久等了。"

冰激凌上淋着巧克力酱,点缀着草莓、香蕉和华夫饼,看着就让人开心,我明明没有要投稿的地方却还是拍下了照片。

"我本想趁西武百货还在的时候举办同学聚会。"

阿贤的表情有些沉重，与巴菲很不搭。我一边品尝着冰激凌，一边试图找一些积极的话题。

"现在难得有了时间，不如我们仔细找找那些失去联系的人，怎么样？"

听到我的提议，阿贤的表情一下子亮了起来。

"对啊，我一定会尽力寻找！"

看到阿贤舀了一大勺冰激凌，我心里松了一口气。

"同学群里已经差不多有一百人了吧。"

"是啊。另外还有二十人也已经联系上了，剩余八十人还联系不上。遗憾的是，拓郎还没有找到。"

我原本期待律师肯定会有一些特殊的渠道，但好像也并非如此。

"脸书[1]我已经查过一遍。接下来我再查一查推特。"阿贤说道。

"社交平台上用真名的人应该不多吧。"我说道。

"我用的就是真名啊。"阿贤回答。

我们吃完巴菲，结了账，离开了米勒咖啡馆。

"感觉肚子好撑啊。"阿贤把手放在肚子上，"现在已经是大叔了，胃口也不如从前了。"

店门口的展示柜里摆满了五颜六色的食物模型，如华夫饼、泡芙、三明治和意大利面。小时候，只有在特殊的日子父母才会给我们买巴菲吃，那时我和哥

---

1 即社交媒体平台Facebook，创建于美国，又译脸谱网。——编者注

哥、妹妹总是兴奋不已，不知道该选择什么口味。

据说，一些店铺将迁移到附近的商场继续营业，但米勒咖啡馆将和西武大津店一起关店。一想到关店后这些食物模型的命运，我就感到难过，移开视线不敢再看它们。

到了八月，《周游特别节目》开始在西武大津店进行关店倒计时的现场直播。屏幕上的电子显示屏显示"距离关店还有29天"。我注意到旁边站着一个像初中生的女孩，她身穿西武狮队的队服，手拿迷你棒球棒，目不转睛地注视着镜头，显然是为了能在电视上露面特意站在那里。我原以为现在的孩子对电视已经不太感兴趣了，没想到竟然还有这样的女孩。

在那之后，我每天都能在电视上看到那个女孩的身影。我便随手发了一条推文："今天狮队的女孩又出镜了。"

下班后一看手机，阿贤发来了信息。

"我之前提到过的那个叫TAKURO的账号，好像也在看琵琶湖电视台的《周游特别节目》。他对西武的事情很上心，说不定他真的就是拓郎。"

"叫TAKURO的人很多，也可能不是真名。"

我回得漫不经心，但心里不免有些紧张。

阿贤随后把那条推文的网址发给了我。

"我给他发个消息试探一下。"他提议。

"我看还是算了吧。我们也不了解对方是个什么样的人。"

"如果他跟拓郎没关系,可能根本就不会搭理我们。但不知为什么,我总觉得这个人就在我们附近。"阿贤坚持说。

我想了一会儿怎么回复,索性不回,把手机画面切回到桌面。推特图标上显示极少出现的红色消息通知标志。

——您好。我叫吉岭贤,曾在大津市立马场小学上学。有件事情想请教您,所以关注了您。如果不介意,能私信沟通一下吗?

我把手机调成休眠模式,放在电脑键盘上,仰着头坐着。

TAKURO 是我在推特上的昵称。

当初注册账号时,我想用一个与自己真名不同的名字,所以就用了那时脑海中突然浮现的拓郎的名字。而我的头像则是一张随手拍的天空的照片。

自从相泽和阿贤注意到这个账号之后,我发推文时都小心翼翼地避开特定的名词。最近发的推文是"远程办公太棒了""到处都开始卖口罩了"等这些普通上班族都会写的内容。我并没有提及《周游特别节目》或西武大津店等字眼,但没想到阿贤会凭借"狮队女孩"这个关键词注意到这个账号。

我再次拿起手机,看着阿贤的来信,想着该如何回复。事到如今,与其暴露身份,不如彻底装糊涂。

——您好,请问是什么事情呢?

我下定决心给他回复了私信。如果真的是拓郎,应该会对马场小学的吉岭贤这个名字有所反应,想必我这个回复,阿贤会意识到是他认错人了。

没等我多想,阿贤便发来了回信。

——非常抱歉。我是在找一位叫TAKURO的同学,我想说不定您就是那位TAKURO,所以冒昧地发了私信给您。还请您谅解,希望您不要介意。

看着这条彬彬有礼的回复,我深深叹了一口气。

——原来如此。希望您顺利找到那位同学!

对话虽然已经结束,但一想到阿贤以后还会看到我的推特,我心中不免有些忐忑。但我也不忍心屏蔽阿贤的账号,毕竟他并没有做错什么。我也想过果断注销这个账号,但我真的很喜欢我关注的那些账号发布的内容,如果真的注销,实在太可惜了。

我觉得西武大津店的关门也与此相似。无印良品、LOFT、双叶书房以及百货商场本身,在京都和草津都能找到。但它们之所以在大津市的鸢之浜显得特别,是因为这些店铺都集中在一块,一旦分散,便会失去原有的吸引力。

阿贤又发来信息,简洁汇报道:"看来是我认错人了。"

我觉得他是一厢情愿、自作自受,同时又觉得有些内疚。我想阿贤一定是太想见到拓郎了,所以才会在希望如此渺茫的推特上寻找信息。而且,是我建议他花时间寻找的。要是我知道拓郎的消息那该多好啊。

我也在谷歌上搜索了"笹冢拓郎",但只出现了一个自动生成的姓氏判断网站,没有找到任何有用的信息。我也曾考虑开设一个名为"我在寻找笹冢拓郎"的网站,可能会靠前显示,但意识到这可能会侵犯到拓郎的隐私,我很快放弃了这个想法。

不过,我想到了一个替代方案:我可以把自己的名字放在网站上。拓郎和其他失联的同学可能也搜索过其他同学的名字。如果我把所有同学的名字都放在一个页面上,并设置一个"如果你是我的同学,请从这里联系我"的输入框,应该会有同学主动联系我们。

我给阿贤打电话,大致说了一下我的想法:"我想开设一个网站,用于同学聚会。"

"这想法太好了!那就拜托你了!"

电话里传来阿贤兴奋的声音。我把手机设为免提，放在桌上，立即开始在本地开发环境下搭建网站模板。

"除了把名字列在上面，还可以收集一些同学们的留言加在其中，你觉得怎么样？"

听了阿贤的建议，我的脑海中浮现出同学的名字和留言并排出现的画面。看到别人的留言，可能会有更多的同学也想在上边写点什么。

"如果每个人都可以在上面留言，可能会比较乱，所以最好在发布之前检查一下名字和留言。"

我在设计页面时，感觉到心情雀跃。

"如果有人不想用实名，也可以用昵称或网名，如果不介意露脸，可以发送照片，这样就仿佛在进行线上同学聚会一样。"

"哇，简直太棒了。"

我眼前浮现出阿贤的笑容，这让我感到前所未有的喜悦，仿佛制作这个网站本身就是一种享受。挂断电话后，我一边吃着小熊软糖，一边继续工作。

　　欢迎来到日本滋贺县大津市立马场小学（现更名为心动小学）一九九〇年三月毕业班校友网。如果您是一九七七年四月二日至一九七八年四月一日出生并在马场小学就读的校友，我们诚挚邀请您通过下方的留言框与我们联系，我们也非常欢迎中途转学的同学参与。您可以写任何内容，包括自己的近况、对明年即将举行的校友聚会的想法，或者对即将关店的西武大津店的回忆。我们期待听到您的声音。

发起人：吉岭贤、稻枝敬太

从我萌生开设网站的念头后，仅仅用了两天，我们的同学会网页就成功上线了。

为了不让人怀疑网页的真实性，我使用了与阿贤事务所网站相同的域名。阿贤建议把我的名字写在前边，但我还是只想做个辅助的角色，所以落款顺序保持不变。

我在标题处放了一张心动小学的照片，并附上了说明文字和留言框，同学发来的照片、昵称和留言内容用气泡状框排列在下边。我们事先请龙二、相泽等人发来信息，提前上传到了网页上。

一切准备就绪，阿贤在同学群里发布了一条信息："我们同学聚会网页已经上线了，大家可以点击下方链接留言交流！"作为网站发起人，我正犹豫该不该说些什么，只见群里接二连三地发出"OK""赞"等表情，我的心跳也随之加快。

本想能有两三个人留言就可以了，没想到一晚上就收到了十个人的留言，比如："因为新冠疫情无法回滋贺，所以很高兴能有这样的机会和大家交流""看到了熟悉的名字，忍不住也想参与进来。西武百货关店真是让人震惊"。在我将这些留言更新到网页上时,我感到很有成就感。

一周后的一个周日,我和阿贤再次约在米勒咖啡馆。咖啡馆入口处的倒计时显示"还有6天",不禁让人感到关门迫在眼前。

"本想最后和家人一起来这里看看,但我家两个孩子都说不爱吃奶油,看来时代真的变了。"

阿贤把一口奶油送进嘴里。我也想最后再吃一次巴菲,所以对能来到这里感到非常开心。

"更新同学会的网页很辛苦吧?有需要帮忙的,尽管跟我说。"

"没事。读他们的留言也很开心。"

最初创建同学会网页是想着或许能够找到拓郎,但随着留言数量的不断增加,这个网页逐渐变成了一个真正的同学交流平台。阿贤在推特上的宣传也起到了效果,一些失联已久的同学开始有了回音。还有人为了回复别人,会连续发两三条留言,感觉就像以前的网络论坛一样热闹。

"我还发现,我们那届毕业生只有两百人,但在册的学生数却有两百二十人左右。"

一个叫田中的同学,他在三年级时加入我们学校,读到四年级上学期,上了不到两年的学就搬了家。他偶然看到了阿贤的推文,便给我们发来了留言。

"听说安田住在肯尼亚,这个消息也让我吃惊。"

"对，我知道他从小学开始就喜欢佐田雅志[1]。"

安田是六年三班的学生，他非常喜欢佐田雅志的音乐，因此去了肯尼亚，后来喜欢上那里便定居了。当我读到这一近况的留言时，忍不住感叹：真的假的啊！

"我从没想过我们会以这种方式开一场同学会。这种方式让我们即便不能亲临现场，也能感受到聚会的氛围，并且与那些无法出席的同学保持联系，真是太棒了。"

在亚克力板的另一边，阿贤正神采奕奕地吃着巴菲，与两个月前判若两人。

"最让我高兴的是，敬太你能提这样的建议给我。"

突然听到自己的名字，我不小心把刚放入口中的草莓一口吞了下去。

"我知道你会制作网站，但没想到它会发挥如此大的作用。每晚看到留言数量在不断增加，我很感动。"

"这没什么。"

虽然我回答得很谦虚，但心里还是感到高兴。我想阿贤之所以毫无怨言地承担起组织各种活动的重任，可能正是为了获得这种成就感吧。离开米勒咖啡馆后，我在一楼买了妈妈最喜欢吃的煎饼回家。

---

[1] 日本音乐人、作家，20世纪70年代走红至今。他根据在肯尼亚进行医疗援助的日本医生事迹创作了歌曲和小说《迎风而立的狮子》，2015年被改编为电影。——编者注

在西武大津店关闭前一周，我查看收到的信息，突然激动得要窒息了。

"八月三十一日晚七点，在西武屋顶见。"

姓名栏上写着"TAKURO"，网名也写着"TAKURO"，电话号码和电子邮件一栏只有一串随机的英文字母和数字。

我都来不及给屏幕截图，立刻用手机把电脑屏幕拍了下来，发给了阿贤。阿贤回复了我一个流泪又开心的仓鼠表情，但我突然冷静地意识到，现在高兴可能为时尚早。

"我们可能无法上到屋顶。"

当我向阿贤提出现实的问题时，阿贤却答非所问："拓郎可能不知道西武大津店要闭店了，他以为还能登上屋顶。"

"现在还不能确定这就是他，最好先不要发布这个消息。我们俩到时候先到楼梯的栅栏那里去看看。"

拓郎竟突然发来信息，这是我期待已久的事情，但我担心只是空欢喜一场。

"电话号码和邮箱都很随意，有可能是恶作剧。"

我谨慎地发了这条信息，但阿贤却很乐观地回复："我也想在西武营业最后一天去看看，就算谁也没来也无妨。"

八月三十一日，西武大津店在晴朗的天气下迎来了营业的最后一天。

据我了解，狮队女孩每天都会出现在《周游特别节目》里，有时还会带上另一个似乎是她朋友的女孩。想到今天过后就看不到她们了，我不禁有些失落。虽然我也想看看本人，但想到一个大叔盯着年轻女孩看有可能会被误会，只好作罢。

《周游特别节目》在西武大津店的正门进行了现场直播。镜头捕捉到的景象比平日更加热闹，显得格外熙熙攘攘。我看到了那两个并排站着的狮队女孩，心中不禁感到欣慰。

我关掉电视，结束了工作，出门前往西武参加晚七点的约会。店门口的留言板上贴满了来自顾客的留言。在令和时代，能看到这么多手写的留言实属罕见。当我停下脚步细读这些留言时，阿贤来到了我的身旁。他身穿一件短袖衬衫，没系领带，手上拎了一个公文包。

"哇，今天人可真多啊。"

被留言板围起来的绿色钟表指针指向下午六点四十五分。店内正在广播，受新冠疫情影响，将不举办闭店仪式。但当临近晚八点的闭店时间时，仍有许多人自发地聚集起来。工作人员多次提醒要尽量避免人员密集，但大家都想要见证西武大津店的最后一刻。一位看起来认识阿贤的老奶奶走上前和他说话，我听到阿贤对那位老奶奶说："是啊，太可惜了。"

自动扶梯上也排起了长队。

"最后一次了,我们走楼梯怎么样?"

即使扶梯排队,那也肯定比走楼梯快,但我还是想最后再走一次楼梯。阿贤也赞同,我们就穿过咖啡店旁边散发着咖啡香的通道,来到大楼梯前。

大楼梯上只有零星几个拍照的顾客,与卖场的喧嚣形成了鲜明的对比。

刚上楼梯的时候,并没有觉得体力不足,但随着楼层的增高,我逐渐感到呼吸急促。加上戴着口罩,让呼吸更加困难。上到四楼时,我的膝盖开始发抖。

"我们小时候被那个店长说,是不是就在这里?"

阿贤上到五楼平台时说道。此刻的我们纵使想跑也跑不动了。

到达七楼时,我和阿贤几乎同时发出了"咦"的一声。原先在那里的栅栏不见了。

"已经把栅栏撤了?"

我和阿贤对视一眼,默契地点了点头,继续往前走。我小心翼翼地推开了通往屋顶的门,门很轻易就被推开了,仿佛这四十四年从未被上过锁一样。外面温热的空气一下子扑了进来,我和阿贤一言不发地走了出去。

尽管太阳已经落山,但借助周围的灯光能看到几个顾客正在用手机记录屋顶上的景色和西武的招牌。栅栏破损,油漆脱落,到处都留下了这四十四年岁月的痕迹。

"阿贤！敬太！"

朝着声音的方向望去，只见有个人站在鸟居前。阿贤立刻冲了过去，我也紧随其后，心想阿贤居然还如此精力充沛。

"拓郎！"

这一次，我在阿贤喊出他的名字之前就认出了拓郎。他那粗眉、双眼皮，和我记忆中的拓郎如出一辙。

"阿贤，你一点都没变。"

"拓郎，你也还是老样子。"

阿贤和拓郎戴着口罩，在西武大津店的屋顶上面对面站着。这是一年前我们完全无法想象的场景。

我握紧双手，仰望夜空。我们与拓郎之间的故事，曾是苦涩的记忆，而今晚我们终于可以开启新篇章。

"那个网页是敬太给我们做的。"阿贤得意地说道。

拓郎拍了拍我的肩膀说："你真行！"

"敬太向来就是一个行动果断的人。记得那次我中暑晕倒，敬太立刻给我买来了宝矿力水。"

虽然我已不太记得具体细节，但确实有过那么一回，在烈日炎炎之下我奔向自动售货机买了宝矿力水。阿贤赞叹道："那真的是救命恩人啦。"

"拓郎，你是怎么找到那个网页的？"

我觉得有些不好意思，便岔开了话题。

"我妹妹在查关于西武的消息时，偶然看到阿贤发的同学聚会的推特，然后跟我说'这是哥哥那一届吧'。"

果然，还是西武成了关键。我心里非常感激拓郎的妹妹，尽管并未见过面。

"楼顶通常都是锁着的，难道因为今天是最后一天，所以就开放了吗？"

阿贤这么一说，拓郎开始解释道："啊，是工作人员把门打开的。我和一些在楼梯上碰到的人来到屋顶，工作人员一开始不让我们进，后来有个人说：'今天是最后一天，就让我们上去待一会儿吧。'于是他就偷偷让我们上来了。"

"原来还是不让上啊，那我们还是赶紧回去吧。"

阿贤急忙往回走，拓郎跟在他后面打趣道："真不愧是遵纪守法的阿贤啊。"我则停下脚步，摘下口罩，深深地吸了一口屋顶上清新的空气。

"对了拓郎，你当时为什么突然转学了呢？"我在下楼时问道。

"那时家里发生了一些事，所以不得不搬家。"

"原来如此。"

实际上，我很想知道到底发生了什么。但现在既然已经再次见到了拓郎，那些都不重要了。我更希望我们三个人能一起感受西武百货的最后时光。拓郎说："我们去鸟乐园看看吧。"我和阿贤笑着说道："早就没有那地方了。"

我们又去参观了西武大津店的四十四年回顾展，在米勒咖啡馆前留了影，感叹玩具区变得如此狭小，在男装区回忆起我们第一次购买西装的经历。有些店铺尽管很熟悉,但和拓郎一起逛似乎总会有新发现。阿贤讲述着他和拓郎之间一个又一个的往事,我则一边回味着三十年的时光,一边随声附和说"好怀念啊"。

我从他们的谈话中得知,拓郎现在住在大阪,并且是一名垃圾车司机。原来拓郎就住在我每天上下班经过的地方,太奇妙了。

临近商场关门,《萤火虫之光》的旋律缓缓响起。

"感觉像是在参加毕业典礼。"

听我这么说,拓郎提议:"我们一起唱吧!"然后他便开始高声唱了起来。

"不要唱了,太尴尬了。"

但拓郎并不在意,继续唱着有些走调的《萤火虫之光》。我也小声跟着唱了起来,周围的同龄人也开始跟着唱,慢慢地,更多的人加入合唱之中。我在毕业典礼上都没有哭过,但此刻鼻子却忍不住一阵发酸。

商场闭店的最后时刻,所有的出入口都被关闭了,只有东侧的门还是开着的。在玻璃门的另一侧,店长郑重地鞠了一躬,接着缓缓拉下了卷帘门。聚集在门口的人们纷纷拿起手机拍照或录像,呼喊着"谢谢"。

当卷闸门完全落下的刹那,现场响起了一片不知是叹息还是感叹的声音。四十四年的历史就此落下帷幕。我什么也说不出来,只是站在原地,茫然地望着人群逐渐散去。

"我明早还要上班,先回去了。"

听拓郎这样说,我才回过神来。

"留个电话号码给我吧。"

阿贤几乎是哀求地说道,拓郎看起来并不介意,一边说"真拿你没办法",一边拿出手机。

他们交换联系方式的时候,我掏出手机打开推特,发布了一张卷闸门开始落下时拍摄的照片,配文"谢谢你带给我们那么多美好的回忆"。我在想,如果阿贤看到这条推文,他是否会认出发这条推文的"拓郎"就是我呢?还是只会觉得这个人仅仅是恰巧出现在附近的一个路人?

"我们明年要组织同学聚会,你一定得来呀。"

"如果能去,我一定会去的。"

拓郎留下这句话,向车站方向走去。我和阿贤注视着他的背影,直到他消失在视野中。

"敬太,真的很感谢你。因为有你,我们才能再次见到拓郎。"阿贤转过身来对我说。

我想,阿贤说得可能没错,但同时我也想保持点酷劲。

"不,我们应该感谢西武。"

商场外,有许多和我们一样留恋难舍的顾客。这种氛围让我如同置身一场真实的毕业典礼。我本想在这氛围中再多沉浸一会儿,却看见几个戴着安全帽的工人开始用塑料布把路边的招牌盖起来。

线的连接

当成濑朱莉走入一年级三班教室的那一刻，我下意识地双手抱住了头。今天是滋贺县立膳所高中的开学典礼，而最让人头疼的女生竟然与我同班了。新同学们见到成濑也都愣住了，仿佛在琵琶湖中看到了一条鲨鱼。

我小心翼翼地抬起头，再次瞥了一眼成濑。我们之前在大津市立闪耀中学都穿西装制服，但今天她换上了水手服，这个改变倒让我颇感新鲜。然而，真正吸引我注意的并非这个。

成濑竟然剃了个光头。

此刻，如果有人开玩笑说："成濑，你是要加入棒球队吗？"那个人肯定会成为众人关注的焦点。这将是在高中华丽出道的绝好机会。但对于我这个习惯低调的人来说，开这种玩笑的难度太大。况且，如此一来，同学们或许会认为我和成濑很熟络，反而会疏远我，这更让我恐慌。如果成濑的好友岛崎美雪在场，她一定能恰到好处地开个玩笑，可惜她去了另外一所高中。

我暗暗期待有人能开口，但教室内依旧鸦雀无声。成濑似乎对周围的目光毫不在意，她的目光紧紧锁定在黑板上贴着的座位表。座位是按学号顺序排列的，成濑是31号，她的座位位于第二列前排，紧邻过道。而我，大贯枫，学号12号，坐在靠窗的第二列的最后一个位置。

我的座位视野极佳，能够观察到同学们见到成濑时的各种反应：有的同学漠不关心，有的则偷偷看她，大家的表情形形色色。

另一个来自闪耀中学的同学是高岛央介，他自顾自地玩着手机，既不引人注目，也不爱出风头，是个典型的宅男。此刻，我真希望班里有哪个男生能对成濑的出现发表点什么看法。

在这个强调打破性别和外貌偏见的时代，我们当然不应该对一个光头女高中生品头论足。但是，如果班里有个调皮蛋能适当地开一两句玩笑，那也未尝不可。我一边看着成濑的后脑勺，一边不自觉地用手指缠绕着自己的头发。

直到昨天，我还在幻想自己的高中生活。进入高中，意味着可以建立新的人际关系。我不指望自己能成为尖子生，但至少要做个中等生。我希望自己能与男生轻松地交流，同时，我也希望学业成绩保持中上，并适当参与班级活动。

为了给新同学们留下良好的第一印象，我特意去发廊设计了新发型。当我看到镜子里崭新的自己时，我忍不住发出了"哇"的一声。但我对高中生活的所有憧憬都被成濑那闪亮的光头给撞飞。

随后,在体育馆举行的开学典礼上发生了更令人意外的事。成濑居然是新生代表发言人。她是因为中考成绩第一,还是因为其他原因被选中,我不得而知。当成濑走上讲台的瞬间,会场虽然无人说话,但我察觉到周围有轻微的骚动。而我们班的同学都很平静,仿佛都事先知道这一安排一样。成濑用清脆的声音念完了讲稿,鞠了一躬,优雅地回到了座位上。

成濑从小学起就经常获得各类奖项。她曾在琵琶湖绘画比赛中获得琵琶湖博物馆馆长奖,也曾在大津市民短歌大赛中得到大津市长奖。学校的早会颁奖环节,成濑几乎成了常客。大部分领奖者在面对校长颁奖时都会显得局促,但成濑总是泰然自若,鞠躬的顺序和时机总是掌握得恰到好处。我记得自己也曾因为一篇读后感获得特别奖,但在众目睽睽下,连鞠躬都没能做好。

开学典礼结束后,大家回到教室,聆听老师对未来几天学校事务的安排,第一天的校园生活也随之画上了句号。

我家距离高中大约八百米远,是个独门独院的房子。这个距离,步行上学比骑自行车更方便。与初中时那条陡峭的上坡路相比,这条路平坦宽敞,走起来轻松许多。开学典礼结束后,许多家长都在校外等待接孩子,但我妈妈早已经步行回家了。

我一进家门,妈妈便问:"朱莉为什么要剃个光头呢?"

她的语气显然不是在嘲笑成濑,而是单纯的好奇。

"我也想知道。"我回答道。

"朱莉好像从小就和别的孩子不太一样。她参加的那个比赛叫什么来着,是剑玉吗?她是不是还得了个大津市的冠军?"

去年秋天,BRANCH大津京购物中心举办了一场剑玉[1]比赛,看谁颠球的次数最多。成濑连续颠球四个小时都没掉球,这导致主办方不得不终止比赛,并授予她冠军。这则消息我是在《近江日报》上看到的,但我能想象到现场大人们那种困惑的表情。

"朱莉的妈妈看上去是个普通人啊。"妈妈说道。

我只回了一句"是啊",然后就躲进了自己的房间。关于"普通"的定义已经被讨论得太多,如果仅仅以不显眼来定义"普通",那么成濑肯定不在此列。

我和成濑的相识可以追溯到九年前的大津市立心动小学开学典礼。我来自较远的幼儿园,班里一个熟人也没有。以成濑为首的一帮来自木通幼儿园的孩子迅速成为最大的团体。我听到一些家长们说:"如果能

---

[1] 剑玉是一种起源于11世纪法国的传统技巧游戏,在日本流行。由一个带有一个或多个凹槽(皿)的木柄(剑)和一个带孔的球(玉)组成,通过一根线连接。玩家需要运用技巧,使球在木柄的各个凹槽之间进行各种花式动作。——编者注

和朱莉做伙伴就放心多了。"

事实上，成濑确实很优秀，各科成绩在班里都遥遥领先。在低年级时我还很佩服她，然而看着她一次又一次地获得优异成绩，我看她越来越不顺眼。不止我一人，其他女生似乎也有同样的感觉，大家逐渐开始孤立成濑。

到了五年级，我们又一次成了同班同学。那时候，已经没有人再叫她"朱莉"了，我们背地里都取笑她："成濑有些行为真可笑。"

尽管被公然排挤，但成濑似乎毫不在意。她总是独来独往，无论是去卫生间还是到各个教室。体育课需要两人一组时，她经常成为多余的那个人，但她总是毫不在意地和老师一组，仿佛人数本来就是奇数，多出一个也是理所当然的事。这种情况下，大家会在背后嘲笑她，但成濑似乎真的什么也没听到。

在五年级二班，女生们被划分为三个等级：上等、中等和下等。我这时才意识到自己是下等群体的一员。能毫不费力地与男生相处的是引人注目的上等群体成员，能在女生之间玩得愉快的是中等群体成员，像我这样两者都不属于的就是默默无闻的下等群体成员。而成濑，她不属于任何群体，仿佛活在自己独立的小宇宙中。

对我们来说，成濑就是完美的替罪羊。没有她，也许上等和中等群体就会把矛头指向我们。

有一天，成濑在早会上领奖后，班里的风云人物凛华和铃奈从她的储物柜中拿出了一个黑色纸筒。我们群体的成员预感到接下来要发生的事情，只能呆呆地望着她们。这时，她们拿着纸筒走到我们面前说："我们把这个藏起来好不好？"

虽然我们理智上明白应该拒绝这个恶作剧，但我们清楚，一旦拒绝就会让自己的处境变得很难堪。就在我们还在犹豫不决时，凛华直接点名道："Nukki[1]，你这么聪明，肯定能想到一个好地方藏起来吧？"

尽管我内心充满了疑惑，但不可否认，那一刻，心里也掺杂了一丝得意。我并不喜欢"Nukki"这个称呼，但在此刻听起来还挺顺耳的。

我伸出手接过了那个纸筒。可就在下一秒，我看到成濑出现在凛华和铃奈的身后，凛华和铃奈还不知情地得意地笑着。我顿时感到如释重负。

"哎呀，这个不小心掉出来了。"

我走上前将纸筒递给了成濑。她紧握着纸筒，一言不发地盯着我。她的眼睛充满了敌意，吓得我说不出话来。

成濑对凛华和铃奈依次做了同样的动作。她回到座位后，凛华和铃奈还在笑着说"什么态度啊"，但她俩都嘴巴紧绷，明显是在逞强。

---

1 大贯（Oonuki）的后半截音节加促音，一种表示亲切的叫法。——编者注

尽管我们已经步入了高中，大家应该不会再做一些像藏东西这样幼稚的恶作剧，但一些人仍对成濑心存恶意。

我不想再像以前那样被卷入此类事端。我一边翻阅着今天发下来的学年校历，一边琢磨着以后该如何更妥善地处理类似情况。

第二天班会，老师让大家做自我介绍。

我原本以为会按照学号从前到后进行，但老师临时加了一个环节，即让第1号和第41号用石头剪子布来决定从哪里开始，结果就变成从后面开始。如果我在成濑之后做自我介绍，那么我和成濑来自同一所初中这件事可能就会让大家印象深刻。

我希望成濑不要提及初中的名称，但成濑却毫不避讳地说："我是成濑朱莉，来自大津市立闪耀中学，住在鸠之浜。"

成濑还带来了她的剑玉。她将讲台推到一边，开始表演起剑玉。她熟练地在大皿、中皿、小皿以及剑尖上接住红球，并成功完成了飞行球的绝技，甚至还表演了球消失的魔术。成濑为什么总是喜欢搞得过火呢？

我叹了口气，教室里静默了片刻，突然爆发出热烈的掌声和欢呼声。同学们微笑着鼓掌，而成濑则面无表情地将讲台整理好，然后回到了座位。

接下来自我介绍的氛围就变得轻松愉快了起来，之前的严肃气氛烟消云散。大家分享的内容也从传统的自己喜欢的课程、初中的社团活动转变成了大家都感兴趣的YouTube频道推荐、初中时的有趣经历等。

我一边聆听着他人的自我介绍，一边构思自己要说些什么。如果介绍我喜欢的事情，我想说我喜欢打游戏，但究竟哪一款游戏软件是大家都喜欢的呢？《宝可梦》《大乱斗》或是《动森》？如果说出自己喜欢的角色，会不会吸引到志同道合的朋友呢？

轮到我了，我走上前去。

"我叫大贯枫，来自大津市立闪耀中学。我每天走路上学。"

我不经意地向斜左方看去，恰好与成濑对视。她的眼神虽然没有杀气，却让人捉摸不透，再配合她的光头造型，让人感觉更加不安。我原本准备好的下一句话仿佛被一阵风给打乱了。

"初、初中时我在乒乓球社团，呃……喜欢的科目是、语……语文。请多关照。"

我的自我介绍实在是糟糕透顶、毫无亮点，听了这个还有谁会愿意主动与我成为朋友呢？可能是同学们聆听太久有些疲惫，给出的掌声也都稀稀拉拉的。我如此轻易就暴露出我是一个乏味的人。要是刚才没去看成濑就好了！

午休时，坐在我前面的大黑悠子主动和我说话，我们俩便一起吃起了午餐便当。悠子的自我介绍同样乏味。她身穿一条长裙，一看就属于班级里的下等群体。我想我可能更适合和这样的女生做朋友，但我同时也告诫自己不应该看不起任何人。

"可以叫你小枫吗？"悠子问道。

"嗯。"

我赶忙回答，试图抓住这个可以甩掉"Nukki"这个称呼的机会。

"那我也可以叫你悠子吗？"

"当然可以啦。"

我们确认了对彼此的称呼，总觉得有些难为情。

"这个班里发音排在前面的名字好多啊。我还是第一次排到了两位数的学号呢。"悠子说。

她的话题我并不感兴趣，但我还是赞同地回应："确实是。"

"小枫，你家离学校很近吧？好羡慕你！"

悠子说她家住在甲贺市，每天早上六点钟就得出门，换乘两趟车才能抵达膳所本町站。我听完大家的自我介绍才知道，原来班级里的同学来自县内的各个地方。我曾想过利用自己本地人的优势，通过提供一些本地信息获取同学们的关注，但我很难想出高中生可能感兴趣的信息。

"悠子，你想好加入什么社团……不，什么'班'了吗？"

在膳所高中，社团活动被称为班活动。据说上一届在一年级时有96%的学生加入了班。我在初中加入了乒乓球社团，是因为小学要好的朋友邀请我一起加入，可惜自己一直没有太大长进，所以高中就不打算继续打乒乓球了。

"还没想好。要不要一起去参观一下？"

不管能不能和悠子加入一个班，只要不再独自行动，我就感到很开心。我和悠子之间似乎有一条看不见的线把我们串了起来。环顾教室，各处都有由这种看不见的线条连接起来的小团体。人际关系就是这样，会在你想象不到的点与点之间建立起来，与儿童连点游戏不同，你永远不知道下一个连接点在哪里出现。

每年，我都会在班级的一个角落默默观察同学之间的关系，甚至能制作出一张人物关系图来。小学和初中时，即使重新分班也总会有一些熟悉的面孔和我同班，因此人物关系图通常只需稍做调整。但到了高中，就得重新制作了。要在高中做一个引人注目的人已经不太可能，所以我只希望给自己找到一个既不显眼又舒适的位置。

我不经意间把目光投向了成濑的座位，惊讶地发现她居然不在。她一定又是独自一人在校园里闲逛呢。我想，我无论如何都无法像成濑那样毫不在意他人的看法而生活。

"还有谁是从闪耀中学来的？"

悠子这么一问，我突然感到一阵紧张。

"啊……嗯，还有高岛同学和……成濑同学。"

"成濑就是那个表演剑玉的同学，对吗？"

显然悠子并没记住成濑来自闪耀中学。这让我感觉一直以来的担忧都是多余的。

"嗯，我和她并没有太多接触。"

实际上，我和成濑的近距离接触还是在小学五年级发生的那场证书筒藏匿未遂事件，成濑就算不记得我的名字也不奇怪。

放学后，我和悠子一起去参观了英语班、摄影班和文学班。

各班的同学都很热情，但我们仍有些犹豫不决。

"对了，歌牌[1]班我也想去参观一下。"悠子说道。

膳所高中的歌牌班是每年都参加全国竞赛的知名社团。大津周围有许多与和歌歌人关联的神社和寺庙，学校经常布置与此相关的作业。我对和歌稍有了解，也许可以尝试一下。

我和悠子走近研学馆二楼的一间和室，耳边随即传来了《百人一首》的诵读声。我们一边小声嘀咕着"要安静一点"，一边偷偷瞧向里头，只见一个光头女孩正与对手面对面坐着。当她听到上一句的第一个字

---

[1] 歌牌为一种纸牌游戏。预先将和歌诗集《小仓百人一首》的歌分上句和下句印在不同的纸牌上，读牌者读出和歌上一句，听牌者则找到对应和歌的下一句纸牌，以速度快、取牌多者为胜。——译者注

的瞬间，就像棒球队员滑垒一样迅速移动她的上半身，从敌阵众多的牌中夺取了一张。

"成濑同学动作真快!"

"假如能更精准地抓牌，就有望晋级 A 级了。"

尽管听到了学长学姐们的赞美声，成濑仍面不改色。据我所知，她在初中时是田径社团的一员，一心练习长跑，如今加入歌牌班，我作为局外人也不禁担心她能否与大家和谐相处。

"你们也来试一试吗?"

一个穿黑色 T 恤的学姐过来问我们。

"咦? 这不是大贯吗?"成濑注意到我，举手打招呼。

我被这个突如其来的打招呼吓了一跳，说不出话来。

"大黑也来了。"

"你怎么知道我的名字?"悠子惊讶地问。

"你在做自我介绍时不是说过'我是大黑悠子'吗?"成濑也神情诧异地回答道。

"成濑，你打算加入歌牌班吗?"

"嗯，打算试一试。春假期间我把整套《花牌情缘》[1]都看完了。"

"那《百人一首》你都背下来了?"

---

[1] 日本漫画，作者为末次由纪。以日本传统纸牌游戏歌牌为核心，描写了寻梦少女绫濑千早和同伴们的青春故事，后改编为动画及真人电影。——译者注

"决字[1]我都记住了,不过今天是第一次上手。"

"太厉害了!"

悠子赞叹道,而我只能在一旁勉强赔笑。我并不想和成濑加入同一班,恨不得马上离开这间屋子,但悠子却显得跃跃欲试,所以我只好陪着她一起体验歌牌。

我们拿到的是给初学者用的歌牌,决字印刷得比较浅。在学长学姐们的指导下,我们把歌牌排好,尝试抓取念出的歌牌。我始终提不起兴致,只是随意地抓取近处的牌。不远处,与学姐对抗的成濑仍然动作迅猛,之后光是把洒落的牌摆好就花了不少时间。

好不容易结束了歌牌班的参观,回家路上,悠子问:

"小枫,你有想加入的班吗?"

"嗯,还不确定。"

"我有点想加入歌牌班,就是离家太远,可能会比较辛苦。"

听到悠子这么一说,我不禁因为自己住得离学校比较近而生出一股歉疚感。

"我回家考虑一下,拜拜。"

"拜拜。"

今天的参观活动让我身心疲惫。我想买些甜食补

---

[1] 指能确定歌牌的决定字,即听到上句牌的某个字后就能确定对应的下句牌的那个字。听到决字即可抢牌,无须听完完整上句。——译者注

充能量，就顺路走进了便利店，没想到在里面还偶遇了岛崎。

她穿着与我不同的校服，这让我意识到我们上的是不同的高中。岛崎结账后，一眼就看到了我。

"嘿，Nukki！

"你的新发型不错。"

我很高兴她注意到了我的发型，有意识地用手拂了拂头发。新同学不知道我之前的发型，所以他们可能没注意到我的发型变化，这也是无可奈何的事，但还是让我觉得有些失落。

"你是做拉直了吗？特别好看。"

直到上个月，我的头发还是一头自然卷，按理说头发应该顺着重力往下生长，但我的却固执地往上和两边炸开。我尝试着让它们保持一定的长度，并扎成马尾，但效果总是不尽如人意。

春假时我下定决心去把头发拉直，在经历了五个小时的折腾后，我终于拥有了一头直发。有了这个发型，我觉得自己终于可以和普通女生站在同一个起跑线了。

"对了，你知道吗？成濑剃了个光头。"岛崎笑着问道。

"嗯，我知道。我们在一个班。"

"啊，是这样。你觉得她的发型怎么样？"

岛崎毫不掩饰对成濑的好感。小学五年级时她就如此。每当其他女生议论成濑时,岛崎总是默默离开,尽量避免参与。虽然我从未见过她在教室和成濑说话,但我能感觉到她并不想与成濑的敌对阵营走得太近。

成濑在本地电视台的节目中以"天才泡泡少女"的身份亮相是一次转折点。节目播出的第二天,包括岛崎在内的一些中等群体的女生围绕在成濑身边。而凛华和铃奈则一如既往地冷嘲热讽:"上电视有什么了不起。瞧那傻样吧。"

我们这些下等群体的成员没有接近成濑,反倒是一些男生开始称赞:"成濑真厉害!"看得出风向有了微妙的变化。

升入初中后,成濑和岛崎组成了漫才搭档,还在学校文化节上表演了段子。据说甚至去参加了 M-1 大奖赛。

当我提到成濑在班中表演剑玉和魔术,赢得了同学们的喜爱,并且很快适应了歌牌班的环境时,岛崎高兴地说:"这很像成濑的风格。"

如果成濑变了,不再是岛崎熟悉的那个人,岛崎会放弃成濑吗?不,岛崎肯定会接受新的成濑。

岛崎和我挥手道别时说:"下次还要和我分享成濑的事情哦!"

即便她对我并没有多大兴趣,但说这种话也未免太过分了吧。或者,她认为我也对成濑有好感?一种烦躁的情绪涌上心头,于是我就买了平时不吃的那种堆满奶油的布丁来安慰自己。

第二天早上，悠子告诉我她决定加入歌牌班。

"高中生活只有一次，我想挑战一下自己，不留遗憾。"

我在犹豫要不要跟悠子一起加入，但是她并没有表现出想邀我一同参加的意思，很快话题就转到了作业上。

我对加入班活动彻底失去兴趣了。放学后，我独自一人回家，到家时还不到下午四点。

如果有比赛回家时间的回家班，我肯定会是实力选手。我的高中生活一开头就不尽如人意，就这样过着平淡无奇的高中生活，或许才更加适合我。就像初中升学时一样，我以为结识不同学校的同学就会带来改变，但最终还是一切如旧。我必须了解班级内的力量关系，避免落单，不给人欺负我的机会。

我如此恐惧被欺负，是因为小学四年级时的一件事。当时，一个住在滋贺县的四年级女生因为无法忍受欺凌而跳楼自尽。

尽管我以前也听说过类似的新闻，但这次的当事人竟然是和我同岁同县的女孩，这让我震惊不已。她一定也是看着琵琶湖长大的，如果她还活着的话，来年就可以坐上"湖之子"学习船了。

欺凌能够消失当然最好，但我也知道这不容易实现。我能想到保护自己的最好的办法就是低调行事、不被孤立，平静地度过高中时光。

比如拉直头发，我其实早就想做了，但怕同学们会认为我爱打扮，所以一直忍耐着。保持不发胖也很重要，所以我一直控制自己要少吃甜食。得益于这些努力，我平安无事地度过了初中三年。

当我打开数学练习册准备认真完成作业时，我灵光一现，假如从现在开始认真学习，是不是有可能考上东京大学呢？之前，我从来没有在学习上认真下功夫，因为我担心成绩过好会太过显眼。即使有时候我觉得我还有更多潜力，也总是选择满足于"差不多行了"，以致初中时我的成绩总是在第十名至第二十名之间徘徊。

当然，成濑的成绩一直名列前茅，格外引人注目，或许我这担忧其实是杞人忧天。

假如把考上东京大学作为目标，专心学习，那么即使交不到朋友、没参加班活动，那也算找到了一个合理的借口。

好，那我就试一试。

一旦确定了明确的目标，心情顿时就轻松了不少。

考上东京大学的确是个宏伟的目标，但如果因此与同学们疏远，那损失可就太大了。在其他同学互相抛出友谊之线时，我却埋头背诵英语单词。

距离考大学的时间对每个人来说都是相等的，但我有自己的优势，那就是我家离学校比较近。当其他同学还在上下学的路上时，我可以坐在书桌前多解一些题。想到这一点，我更加感激我所拥有的环境。

我将考东大的目标也告诉了家人。妈妈的反应很现实："你真的能考上吗？""京都大学不是离家更近吗？"然而，爸爸的态度则意外地积极："小枫一定能考上。"比我小三岁，平时爱看猜谜节目的妹妹则说："姐姐，你也能上《东大王》[1]就好了！"不过，我觉得自己并没有参加东大王的天分。

到了五月下旬，我还是和悠子共进午餐。我原以为她会和同社团的同学关系更近，但可能因为我们班只有成濑和她同在歌牌班，所以她更愿意和我在一起。看来至少到三月份，我不会是孤单一人了。

悠子说成濑在歌牌班逐步崭露头角，正在努力练习以获得更高的段位。

"成濑跟歌牌班的人交流吗？"

我随口一问，悠子露出了疑惑的神情，好像我问了一个很奇怪的问题。

"交流啊，大家都叫她'小成'呢。"

我尝试默默地念出"小成"，但觉得这个名字与成濑的形象悬殊，我口中像是含了沙子一样念不出来。

---

[1] 日本TBS电视台主办的一档知识猜谜类娱乐综艺节目。节目形式为由4位来自东京大学猜谜研究会的常驻成员和其他替补成员组成的"东大王队"与12位艺人组成的"艺人队"进行多个回合、多种形式的知识猜谜较量。——译者注

成濑在班级中依然是我行我素。这种性格让她在小学五年级时被其他女生排挤,而到了高中一年级,除了被议论几句"这人有点古怪"之外,并无特别的事。她的后脑勺已经被新长出来的头发覆盖,逐渐变成了黑色,让人不禁怀念她光头时期光亮的后脑勺。

我的头发也越来越长,能够感觉到自然卷的力量使整个头发从发根处开始蓬起。当然和以前比起来,现在还算是直发。但想到未来还得不断去做拉直,就不由得感到有些麻烦。我甚至有过剃光头的冲动,但又不想让人误以为我是在模仿成濑。

学校已经开始准备七月的湖风祭[1]了,同学们之间明显更加团结了。我们班决定搭建一个鬼屋作为班级展示,而我和悠子选择加入不显眼的道具组。

实际上,我更愿意把时间花在学习上,而不是参加这些活动,但我也不希望无端与其他同学对立。我与道具组的其他成员渐渐熟悉起来,有时候还能聊几句。有人说,积极参与这类活动才能体验真正的高中生活,我虽理解他们的观点,但仍想把主要精力放在学习上。

所幸我在学习上取得了不错的成果。期中考试考得很好,让我觉得把任天堂游戏机收起来不玩是值得的。当我向补习班老师透露想考东京大学时,他鼓励

---

[1] 膳所高中的校园庆典,于每年7月举行。学生们会举办集体操、文艺表演和视觉展示等活动,非常热闹。——译者注

我说只要坚持努力，我就有很大的希望。

每到星期六，我都会去补习班的自习室专心学习。有一次我在去补习班的路上路过心动坡时，看到成濑和岛崎正在马场公园里练习漫才，周围有几个家长和孩子驻足观看。

我加快脚步径直向公园的另一侧走去，以免被她们发现。马路对面原先是西武百货的地方正在动工兴建公寓楼。平时路过时并未在意，但看到西武已不复存在，还是忍不住感到一丝失落。

据说湖风祭前后情侣会突然增多。我们班也不例外，空气中弥漫着甜蜜的气息。我听到谁向谁表白的传言，便在我的人物关系图上做上标记。也有人与高年级生或不同班级的同学交往，从而扩大了他们的人际圈。有人退出了原先的小团体，有的则保持着原有的社交关系。有些情侣在入学时我就感觉两人很般配，而有些则是出人意料的组合，看着他们就像看真人秀一样有趣。

关于校园恋爱，我本打算置身事外，但发生了意料之外的事情。

"大贯，我们一起回家吧。"

刚走出校门就听到有人叫我，回头一看，是同班的须田直也。我和须田同在道具组，偶尔交谈过，但我并没有说过让他对我产生好感的话。须田是个很随和，不会无故伤害我们这种女生的人，但没想到他会想跟我连起一条关系线。

我记得须田曾说过他住在草津站附近的公寓。我步行上学，和他根本不顺路。

"为什么找我？"

须田环顾了四周后小声问道："大贯，你是不是要考东京大学？"

"你怎么知道？"

他从背包中抽出一本书，封皮是绿色的，上边写着《东大英语1》。这正是补习班使用的教材，我也有一本。

"我无意间看到你书包里也有这一本。我也在草津站前的补习班上课。"

我垂下眼睛，默不作声。

须田又开口说道："啊，那个，我不是说想谈恋爱什么的，只是希望我们以后能互相分享一些学习资讯什么的。"

他的话让我感到些许失落，但同时觉得这样也不错。我们之间那点朦胧的暧昧气氛消散了，须田戴的黑框眼镜的眼镜框似乎都清晰可见。

"我现在要回家学习，须田君，你要一起吗？"

话一出口，我就开始后悔自己如此大胆的提议了。

但很快我就确信，我们之间的关系并非那种关系。须田回答道："你不介意就行。"并随我一同回家。

打开家门的那一刻，我突然感觉有点尴尬。我的房间只是为我一个人生活设计的，从未考虑过接待客人。甚至从上初中开始，就连女生都没进过我的房间。

我先是说"我的房间很乱"，然后领着须田来到餐桌前坐下。妈妈和妹妹要到晚上六点左右才会回家。我想什么都不招待也不好，便倒了一杯麦茶递给他。

"我们先做数学作业怎么样？我也想看看大贯是怎么解题的。"

我原以为和别人一起学习会分散注意力，但我几乎感觉不到须田的存在，他没有对我造成任何干扰。我们解题后互相交流想法，比如"这部分很难"或"这里可以节省时间"等。当我向须田详细讲解题思路时，他会积极回应和鼓励："我懂你的意思"或是"好厉害"，这让我心情愉快。我以前一直认为自己不擅交际，但现在意识到可能只是没遇到合适的人而已。

"大贯，八月的校园开放日，你打算去吗？"

我也在东大的官网上看到过校园开放日的消息，但我还只是一个高一学生，并没有想过特地坐新干线去参加。自从疫情前和家人一起去迪士尼乐园后，我就再没有坐过新干线。初中的毕业旅行原定是去东京的，但因种种原因最终变成了伊势神宫和御荫横丁一日游，草草了事。

"须田君，你要去吗？"

"我还没定。如果你要去的话，我也想一起去看看。"

这是我第一次听到有人对我这样说，我感觉心脏在怦怦直跳。

我在手机上搜了一下东大开放日的详情。虽然那天有补习班的暑期课程，但我觉得请假一天去参加开放日应该没什么大不了的。

"我想去看看。"

"真的吗？那我来订新干线的票，车费你可以之后再给我。"

我突然想到除了新干线，还有夜行巴士或青春18票等其他出行方式。我们俩想到的出行方式相同，也许意味着我们有相似的家庭环境和消费观念。

须田接着说："如果你不介意普通商务酒店的话，我可以顺便预定两个房间。"

听到"酒店"这个词，我莫名感到一阵紧张。而须田却显得非常平静，我连忙反省自己是不是想得太多了。

"谢谢你。不过，新干线和酒店我也会自己查一下的。"

我们正在策划着一个前所未有的计划。我和朋友最远的旅行也只是到京都，现在突然要一个人和须田去东京，我真的能应付吗？

"据说东大的校园开放日这两年因为疫情都取消了，今年能举办真是太好了。"

须田期待的神情就像小学生一样真诚。

那天晚上当我跟妈妈提起想和朋友一起参加校园开放日时,她露出意外的表情:"你交到朋友了?"

考虑到如果妈妈知道是个男生,情况可能会更加复杂,所以我就只是轻描淡写地说了几句无关痛痒的信息,如他住在草津,以及他参加了化学班等。

自那之后,我和须田开始通过 LINE 互发消息。或许因为我把大部分注意力都放在了这位新朋友身上,有一次和悠子像往常一样一起吃午饭时,悠子的一句话突然刺痛了我:

"小枫,你根本就不在意我,对吧?"

我感到一阵愧疚,因为在悠子吐露心声的时候,我还在琢磨其他群体间的人际关系。我没有预料到她能说出这种话,一时间不知道怎么回答。

"我之前就在想你可能对我没什么兴趣。这也是没办法的事。但你最近表现得如此明显,是不是就有些过分了呢?"

悠子的语气平静,但目光却闪烁不定,我能看出她是鼓足了勇气向我开口的。回想起我对岛崎也曾有过类似的感觉,此刻我什么也说不出口。

"我考虑了一段时间,决定从明天开始换个地方吃午饭。"

此刻,我才意识到事态的严重性。

"对不起,我不是那个意思。"

"不用勉强。你可以跟须田君一起吃啊。"

我以为我已经非常谨慎地找到了一个最稳妥的定位，但现在有一种被全盘否定的感觉。我所能看到的，悠子也都看到了。我忍不住问道："那你打算怎么办？"

"五班有个女孩，我们每天早上都一起坐电车，我想我可能会跟她一起吃饭。"

我彻底败下阵来。原来她还有一个一起坐电车的社交圈。

我从没想过家离学校近会成为交友的不利因素。我只能再次对悠子说声"对不起"。

"哎，我也没有那么生气，只是想要换个心情而已。而且，这对你来说也会更好。"

我突然觉得悠子心胸宽广，发现是自己以前看轻她了。但也不排除她和班里其他女生联合起来和我作对。尽管她说没有生气，但我也不知道以后应该如何面对她。

第二天，我发起了烧。我担心请假会让自己的处境更加不利，但自新冠疫情发生后，学校就要求即便是轻微的发热也要请假休息。我躺在床上，无法入眠，翻开《系统英语单词》，也无法集中注意力背单词。要是此刻悠子能发来一条LINE信息，我的心里可能就会好受一些，可手机迟迟没有动静。

傍晚时分，门铃突然响了。我不太想出门，便装作没有听见，但门铃响了第二次。我心里想着，也许是有人前来探望。带着微弱的期待,我打开了门,只见站在门外的是成濑。

"我是来给你送宣传单的。"

她递给我的是一份健康宣传单,上面写着"好好吃早餐"这种无关紧要的标题。

"你来干什么?这种东西也没必要特意跑一趟吧?"我的语气不自觉带着点刺。

而成濑则回答得泰然自若:"因为我住得近啊。况且,我是健康委员。我有责任守护同学们的健康。"

"我不用你管。"

我用力关上了拉门。透过磨砂玻璃,我看到成濑在门外停留了片刻,然后转身离开了。

看起来只要我请假在家,她就会每天来看我。无奈我开始用手机搜索退烧的办法,这时须田发消息来关心我,叮嘱我要好好休息,但我无暇顾及,只是匆匆回了一个带有"谢谢"字样的皮卡丘表情符号。然后我便开始尝试在网上找到的各种退烧方法,像是枕头上铺冰袋、揉按退烧穴位等。

所幸隔天一早,我的体温降下来了。看到体温计上显示 36 摄氏度,我兴奋地做出了胜利的手势。回到学校,悠子关切地问我:"没事吧?"这让我有些内疚,毕竟错误在我。

"昨天,我跟五班的那个女生一起吃午饭,但除了我,那一桌还有很多我不认识的人,我有些不习惯……今天起，我还能和你一起吃午饭吗？"

此刻我真想紧紧握住悠子的手，可又怕那样会吓到悠子，因此作罢。

"真的？"

我尽量以轻快的语气说着，悠子点了点头。

午休时，我把一直藏在心底的想考东大的目标以及我与须田之间的关系告诉了悠子。

"对不起，我一直觉得有些难为情，所以迟迟没有告诉你。"

"我理解，没关系的。"

悠子回应道。

悠子也和我说了她对于未来的计划，她想在大学毕业后成为一名公务员。我只是想先考上东大，至于毕业后做什么尚未考虑，可见悠子的规划更长远、更具体。

"悠子，你一定行的！"我由衷地脱口而出。

开放日当天，我和须田约好早上七点在京都站集合。为了这一天，我特意又跑了一趟发廊。之前拉直的头发已经长出了大约四厘米的自然卷，于是我又一次做了拉直。我以为这次很快就会结束，因为上次拉直的部分还挺直的，结果还是需要把所有头发都烫直，所以只比上次快了一个小时而已。

我和须田买了相邻的座位票，但我们没有过多的交流，只顾自己学习。须田在并不会影响我学习，这一点很好。我默默地移动着红色的遮色卡片，专心地做着英语语法题。

到了东京大学的校门前，看到许多高中生和家长拿着手机拍照，我感觉自己此刻仿佛置身于一个主题公园。这种以蓝天为背景的照片在美国环球影城任天堂区域刚开放时也总能见到。

我先陪须田去听他想听的工学院的讲座。尽管我打算报考的是文科，但与AI相关的讲座应该会挺有意思的吧，听听也无妨。

东大的教室和我之前参加汉字考试时去的立命馆大学的教室差不多。看来东大名气虽然大，但教室并没有什么特别之处。讲座一开始，我还挺感兴趣，可后来随着内容的深入，变得艰涩难懂，我渐渐无法集中注意力。

校园里来参观的高中生络绎不绝，人流丝毫不亚于大津琵琶湖的烟火大会。一想起膳所站前垂直延伸的、安静的心动坡道，我突然怀念起自己的家乡来。或许是我的心理作用，总觉得周围行走的人都散发着一股大都市的气息，而我们穿着膳所高中的校服，显得有些格格不入。尽管我平时对时尚并无兴趣，但见到那些精致的衣服和新颖的制服款式，还是禁不住多看几眼。

突然，我注意到有人穿着和我一模一样的水手服。它的款式并不稀奇，其他学校校服也有相同款式。但当我的视线落在那个人的脸上时，我差点惊呼出声。对方也注意到了我们，向我们挥了挥手。

"真是太巧了。"

成濑背着她平时上学时背的黑色书包，手上提着一个印着大津市吉祥物"大津光君"的手提袋。她的头发已经长到可以用短发来形容，走在人群中已经不怎么引人注目了。

"嘿，成濑。"

须田并没有像我一样惊讶，而是问道："上午你都去了哪里参观呀？"

"我去理学院听了个讲座，题目是'运用ICP-MS技术的稀有同位素分离与浓缩——通向一兆分之一的世界'。"

成濑拿出资料，似乎要开始讲解，我赶忙打断她："我们正打算去吃午饭。"

"成濑，要不要一起去？"

须田应该是出于礼貌问了一句。也许对他来说，成濑是在异地遇到的同学，此刻显得弥足珍贵，但对我来说，成濑是我想尽量避免接触的人。而且成濑对我应该也没什么好感。我本以为她会拒绝，却没想到她说"那好吧"，就跟了过来。

学生食堂是自助式的。我拿了米饭、鸡胸肉奶酪排和凉拌豆腐，成濑也选了鸡胸肉奶酪排作为主菜。难道是一起吃了九年校园餐，连午餐想吃的东西都变得相似了吗？

餐桌前，我和须田并排而坐，成濑坐在我对面。

"成濑，你是怎么过来的呀？"须田问道。

成濑回答说她是坐夜行巴士过来的，座位是单人包厢，比想象的要舒适得多。我随口应了句"哦，是吗"，但心里开始感到烦躁，于是半路开始不作声只顾吃饭。成濑接着讲述她听的关于同位素的讲座内容，须田则一边聆听，一边点头。

"我打算下午自己转转。"

我想须田跟成濑或许有更多共同语言，毕竟他俩都打算报考理科。我起身要走时，须田随口说道："那回头见。"我故意没去看成濑，因为我怕一旦与成濑眼神交汇，就无法离开了。

我把餐盘送回餐具回收处后，便离开了食堂。原本打算下午去文学院看看，但突然觉得一切都索然无味了。正当我准备离开东大，向门口走去时，听到身后有人喊"大贯"。

我回头，只见成濑独自站在那里。

"我想去个地方，你能陪我一起吗？"

"须田呢？"

"我希望和你一起去。"

成濑的态度很坦荡，仿佛已经忘记曾在我家发生过的事。自那件事发生以后，我就再也没有和成濑说过话。难道那只是我发烧时做的一场噩梦？

"不用那么严肃。有句话不是说出门靠旅伴嘛。"

成濑轻轻拍了一下我的手臂,然后挽着我往前走。我们走出东大大门,走进了地铁站。我原本犹豫要不要自己回去,但最终还是被好奇心所驱使。

我和成濑并肩坐在地铁的空座位上。

"东大里的人可真多,跟烟花大会差不多。"

成濑随口的一句,让我意识到我们同在大津长大的事实。

"我们在哪下车?"

"池袋。"

"那里有什么?"

"到了就知道了。"

我明白再问也是白费力气,所幸很快地铁就抵达了池袋。

一出检票口,"西武池袋总店"的大招牌就映入眼帘,这时我立刻明白了成濑的意图。

熟悉的 SEIBU 标志随处可见。这番景象在大津市也曾有过,但随着西武大津店的倒闭,都不复存在了,想到这些,我下意识捂住了戴着口罩的嘴。显然,须田作为草津人,是无法和我共享这种感觉的。

"帮我拍张照,好吗?"

成濑把数码相机递给我,然后站到地铁口前面,板着脸做了个胜利的手势。路人经过时都是一副"这人啥情况"的表情,我急忙拍下照片。身处东京,所以应该说"这人什么情况"吧[1]？我一边思考着，一边将相机还给了成濑。

走进店里，虽然是第一次来，却有一种莫名的熟悉感。店内的各类商铺和商品种类虽然与西武大津店有所区别，但这两个地方都散发着西武独有的氛围。成濑不禁眼角泛起泪花。我本想嘲笑她的反应太夸张，却发现自己的心中也涌现出一股暖流，竟哽咽着说不出话来。

"我们去店外面看看吧。"

我们穿过了拥挤的人群，才到达了电梯口。这让我想起总是空空荡荡的西武大津店。

走出店门，我有一种仿佛自己变小了的错觉。因为西武池袋总店规模太大，相当于我心目中的五家百货商店加起来的规模。在西武大津店只占据一楼一个角落的无印良品，在这里却是一座大楼。还有写着"池袋站东口"的入口，到底是怎样的一个构造呢？

成濑再次让我帮她拍照。我恍然大悟，她让我和她一起来这里，其实是为了让我给她当摄影师。

这让我有些恼火，于是对她说："也帮我拍张照片吧。"然后把手机递给了她。

成濑拍的照片除了把我和 SEIBU 标志都拍进去了之外，没什么特别之处。

---

[1] 此处用两句话的中文译文间细小差异表现日语关西话与东京话的不同。——编者注

"总店真是太大了。它何止是一家百货公司,简直就像是一整条商业街。"

成濑的兴奋溢于言表,她还拍摄了商场各个角度的照片。

"将来我要在大津建一座百货商场。"

如果每个人都像成濑一样,能轻松地说出自己的目标、梦想或野心,那该多好啊。虽然我觉得在那个经济不景气的地方开个百货商场简直就是异想天开,但即便我反驳,成濑也不可能改变她的想法。

"那你今天是来这里考察的吗?"我问道。

成濑心满意足地答道:"对呀。"

在返回东京大学的地铁上,我问成濑:"你为什么剃光头?"

成濑惊讶地摸了摸自己的短发:"这是头一次有人问我这个问题呢。大家是不是都不好意思问呀?"

"那还用说。"

看她的样子,似乎并没有什么特别的原因。

"据说,人的头发一个月会长一厘米。我就想做个实验。"

我不太明白她的意思,没有说话,成濑接着说道:"我想看看,我在今年入学前的四月一日剃光头发,到大后年三月一日毕业典礼的那天能不能长到三十五厘米。"

我不禁扑哧一声笑出来。我记得上小学的时候,每当看到成濑在早会台上领奖时,她那一头齐肩的直发总让我羡慕不已，我心想如果我也能有那样的秀发该有多好啊。

"不剃光也可以啊，直接记录某个时刻的长度，计算差额不就可以了吗？"

自从做了拉直以后，我对自己头发的生长速度有了更深的了解。

"可我想让实验结果更加精准。去理发店剪头发时，内侧和外侧有时会剪成不同的长度。难道你不好奇如果头发从同一个起点同时开始留长会是什么样？"

我暂时接受了她的说法，但又不愿意立刻表示赞同，于是随口回了一句："是吧。"

"不过短发比我想象中舒服，现在我都懒得留长发了。"

成濑摸了摸头顶的头发说道。

"既然剃光了，一定要坚持把实验做到最后哦。"

我又说了句不中听的话，但成濑却认真地说："大贯你说得对。"

"上次你特意来看我，我态度不好，对不起。"

我鼓起勇气道歉，成濑却困惑地问道："你在说什么呀？"再说下去也没有意义，于是我就此打住。

回到东大，成濑和我说了一声"下学期再见"便消失在人潮之中。我不确定她是否真的想考东大，不过即便问了她，也可能得不到明确的答复。

我查看手机，发现须田发来了消息："我现在要去听理学院的说明会。"

我迅速回复："我准备去听文学院的模拟讲座。"

接着，我在校园地图上查看文学院的具体位置。

当我再次环顾四周时，发现视野里多了很多形形色色的人。之前看到的都是衣着鲜艳的人，但现在我也看到了一些穿着朴素的人，甚至穿着便服在闲逛的人。这些人虽然不在我绘制的人物关系图中，但他们每个人也都在自己的故事里扮演着角色。这世界人潮汹涌，能够与某人建立联系，本身就是一种难得的奇迹。

我走在前往文学院的路上，心里盘算着等到下学期开学就把今天的事告诉悠子。

出发吧，密歇根号！

在蝉声嘹亮、热闹非凡的滋贺市民中心，我的目光始终牢牢锁定在一名选手身上。

这里正在进行第四十五届全国高中小仓百人一首竞技歌牌锦标赛团体赛D区的首轮较量，现在在场上展开对决的是广岛县代表队锦木高中与大分县代表队。我作为锦木高中的一名候补队员，坐在会场的一隅关注着比赛的进展。

在四十名参赛选手中，只有一名坐在五号位的选手是来自滋贺县代表队的膳所高中的。她抢牌的动作大而有力，整个人看起来非常与众不同。虽然可能有更省时省力的抢牌方法，但她用自己的方式也能精准地取得目标牌。她挥手的姿势也很独特，是我从未见过的手势动作。

与这样的选手对战，很有可能会乱了节奏而陷入苦战。我正这样想着，却发现自己已经无法从她身上移开视线。每当她去抢牌，她扎成一个小鬏的刘海就随之摆动。在不绝于耳的蝉鸣声中，我仿佛听到了不知从何处传来的钟声。

"当我第一眼看到桃谷学姐的时候,我就听见了咚咚咚的钟声。"

"你又来了。"

我不知道这是第几次听结希人讲述他的恋爱经历了。在我对男女之别还不太了解的时候,结希人就已经能大胆地说:"我将来要和玲老师结婚!"小学时,他便被一位大学生姐姐迷得神魂颠倒而加入了地区社团。初中时,又为了追求一位美女学姐而加入了管弦乐队。选择读锦木高中,也是因为在补习班对一名女生一见钟情,这位女生当时想要报考锦木高中。但不知什么缘故,那个女生最终改了志愿,他们未能一同入学。结希人便又开始了新的寻爱之旅。

"我打算参加桃谷学姐在的歌牌社,你要不要一起?"

"歌牌?"

我知道有竞技歌牌这回事,但从未尝试过。据说,锦木高中曾代表广岛县参加过很多次全国大赛。

"我在 YouTube 上看过歌牌比赛的视频,没有看到有像你这样身材高大的选手参加,如果你能参加一场比赛肯定很有趣。而且,你不是已经习惯了榻榻米上的格斗吗?"

我觉得这和歌牌毫无关系。直到去年夏天,我还是身着白色道服在榻榻米上训练。我小时候因为长得高大被父母送去学柔道。我不负众望长到了一百八十六厘米，体重达到了一百千克，但在比赛中却没有什么突出表现。与我体格相似的弟弟却成为实力选手，曾在县级比赛中获得冠军，我想或许我真的不适合柔道。

我打算在高中放弃柔道，尝试一些新的事物。

我曾向结希人袒露这个想法，这或许是他这次邀请我的原因。

第二天，我便与结希人一起去参观了歌牌社。二、三年级学生加起来共有十二名，都是女生。前来观摩的一年级学生除了我们俩也都是女生。平日里我很少接触女生，如果是我一个人来的话，我肯定会落荒而逃。

三年级的桃谷学姐即便被口罩遮住了脸，仍能看出来她是一位气质美女，非常符合结希人一贯的兴趣点。我倒认为他应当从以往的经验中吸取教训，去寻找别的风格的女生，但他却很执着，可能因为这就是他的审美标准吧。

"你长得可真魁梧啊，之前是练习过什么运动项目吗？"

一个眼角微垂，看起来很和善的学姐好奇地问我。

"我从小学开始一直练柔道。"

"哇，好厉害！"

"你有一双大手，抓牌一定很有优势。"

学姐们一拥而上，兴致勃勃地展开讨论。我感觉自己仿佛成了一个卡通人偶。我用求助的眼神望向结希人，却见他已忙不迭地走过去与桃谷学姐说话。

我顺其自然地加入了歌牌社，随着训练次数的增加，我感觉自己在不断进步，这让我兴奋不已。和之前一直坚持但没取得什么成就的柔道不同，在歌牌社的努力练习让我在一年级就成功考取了初段。

二年级时我们成功取得了全国团体赛的资格，于是我们来到了歌牌的圣地滋贺县大津市。

这次比赛的主赛场位于近江神宫的近江劝学馆，不过能在那里参加初选的只有极少数。我们队长尾上学姐抽中了在距离近江神宫只有一站远的滋贺市民中心进行的D区比赛。当我第一次看到那座有些陈旧的建筑时，我不禁感到失望。它与我们家附近的公民馆没什么差异，我甚至开始后悔，为什么要浪费时间坐新干线来到这里呢？

然而，正是在这个地方我遇见了她，想到这儿，我不由得感受到了一种命运的牵引。

当她以十张牌的优势战胜对手时，我对无法再看到她那独特的抢牌动作而感到惋惜。她将散落的牌整理好，然后端庄地坐下注视队友。我看着这一幕渐渐愣了神，已经忘记了关注自己的队伍，回过神来我急忙向锦木歌牌社的方向望去。

最终锦木高中在首轮就被淘汰了。而膳所高中则顺利晋级到第二轮比赛。她面无表情地与队友击掌庆祝，然后离开了比赛场地。

"怎么了？是不是遇到心仪的女生了？"

我正追赶着她的身影，却被眼尖的结希人识破了心事。

"不，没什么。"

我连忙否认，但我感觉到自己脸颊有些发热。我的脑海里浮现出我最后读到的歌牌："相思形色露，欲掩不从心。烦恼为谁故，偏招诘问人？"

我本以为结希人会调侃我一番，但他认真地看着我说："如果心动了，就一定要主动去认识她哦。"

说完，他就拉着我的胳膊走出了场地。

"是哪个女生？"

我很快在人群中找到了身穿黑色T恤，后背上印有"膳所"字样的队伍，但却没能发现她的身影。

"她好像不在队伍里，可能去准备下一场比赛了，我们还是回去吧。"

其实，我只是对她的取牌动作感到好奇，并没有想与她说话或接近她的意思。我和结希人不一样，他尽管被桃谷学姐拒绝了，但是还能继续满怀期待地认识新的女生。而我只想赶快回到旅馆，准备明天的个人赛。

"别啊，既然她现在不在队伍里，那她不就是一个人了吗？这可是千载难逢的好机会啊。"

结希人兴致勃勃地说着，这时，我看到她从结希人背后走过来，结希人注意到了我的表情变化，转头看着她说："就是她吧！"

"你好。我叫中桥结希人，来自广岛县代表队锦木高中，现在二年级。"

看到结希人直接上去跟她说话，我愣在了原地。如果是我这样被陌生人搭话，不免会产生戒备之心。正当我忐忑不安时，她却出乎意料地微笑回应：

"我叫成濑朱莉，膳所高中二年级学生。欢迎你们来到大津。"

她说话的语调就像RPG游戏[1]里的角色一样，这让我感到好奇。难道她平时说话就是这种风格吗？

"这家伙好像对你很感兴趣。"结希人说道。

成濑同学听到这句话后，就抬起头看向我。目光交汇的瞬间，我紧张得想立刻躲起来。我努力保持平静，看着她头顶上的刘海小鬏鬏说道："我也是锦木高中二年级学生，叫西浦航一郎。"

"是吗？"

成濑同学点了点头，调整了一下口罩的位置。

"其实我很想和你们好好聊聊，但我接下来还有个比赛。明天是个人赛。后天我有空，你们后天还在大津吗？"

实际上我和结希人都计划明天晚上回广岛。我猜

---

1 RPG游戏，全称为角色扮演游戏（Role-Playing Game），是一种电子游戏类型，玩家在游戏中扮演特定的角色，并在一个虚构的世界中进行冒险。——编者注

想成濑同学一定也知道这点,她可能只是想找个借口推托一下。

我庆幸这样正好,没想到结希人却马上回答说:"我们在,没问题。"

"那太好了。后天上午十点半,在大津港见。我们一起去坐密歇根号。"

"密歇根号?"

我小声嘀咕了一句,就听见成濑同学的队友在叫她:"小成!"

成濑同学留下一句"不好意思,那就后天见了",便转身离开。

"哇,没想到能这么顺利。"

在回住处雄琴温泉的路上,结希人说了好多遍这句话。我还没平复好刚才和成濑同学说话的激动心情,双手紧握着吊环上方的横杠,不知该如何是好。

"结希人,你又去和女生搭讪了?"

"是膳所高中的那个女生吧,你们都谈论了什么呀?"

"才不是搭讪呢!"结希人嬉皮笑脸地答道,"跟我没关系,是小西对她一见钟情。"

我感到不只是学姐,同车的所有人都在盯着我。我轻轻戳了戳结希人的肩膀说:"我哪有一见钟情了?"但是早已两眼放光的学姐们是不可能相信我此刻说的话的。

"什么？是小西？"

"那进展顺利吗？"

"人家约他后天见面了。"

我忍不住"哇"了一声，捂住头蹲下身去。

回到旅馆，在大厅聚集的锦木歌牌社成员把明天的个人赛都抛在了一边，注意力都放在了成濑朱莉身上。

"她抢牌的动作确实很特别。"

因为团体赛在YouTube上进行了转播，所以我们可以在上面重温她在赛场上的表现。我也跟着重新看了比赛，但通过屏幕无法完全感受她在现场所散发的强大气场。

"个人比赛，我和她都在B级，只可惜和她不在同一赛场。太遗憾了。"尾上学姐翻着赛程表说道。

我是D级，可能无缘在个人赛上和她对战。

"不过，会有人愿意和一个陌生人约会吗？"

"她是不是在拿你们开心啊？"

"要是她没来，小西就尴尬了。"

尽管大家都是在那儿随便乱说，但这也正是我所担心的。

"成濑朱莉在大津市民短歌大赛中获得过大津市长奖！"

"咦？她还参加过M-1大奖赛！组合名是'ZEZEKARA'。"

"这么爱自己的家乡呢！"

我还在手机上搜到了成濑小学时和大津市市长站在一起手持奖状的照片，以及她和搭档身着球衣的合影。我觉得她不戴口罩的样子更可爱，想到这儿，我心中不禁泛起一丝异样。

"原来她这么厉害！"

"原来小西喜欢这样的女生啊。"

"我什么时候说过喜欢她了？"

我确实对某些女孩有过特殊感情，但通常是在交流几次之后才会产生，没有过一见钟情这种情况。

"对了，小成还提到要坐密歇根号呢。"

当结希人说出这句话时，大家都像是得到了关于成濑同学的新消息，纷纷拿起手机开始搜索。

"小成是你能叫的吗？"

我一边责怪结希人，一边也在手机上搜索"大津"和"密歇根号"，找到了琵琶湖观光船的信息。

"这不是用来约会的船吗？"

"真不错，我也想坐。"

"别说这些了，我们还是去好好准备明天的比赛吧。"

为了转移注意力，我拿起了歌牌。最上面一张正是"由良海峡风浪生，舟人失橹不能行。不知应往何处去，情场迷途与此同"。

我和结希人提前十五分钟到了大津港的密歇根号登船处。如果单独和成濑同学见面，我可能会紧张死，所以当结希人提出是否需要陪同时，我毫不犹豫地同意了。学姐们则一边说着"好想看他们俩约会的样子啊"，一边依依不舍地踏上了返回广岛的列车。

"我希望她不来才好呢。"

"不，小成肯定会来的。"

"你到底是成濑的什么人啊？"

我没带什么合适的衣服，只好穿着校服——白衬衫和黑长裤。不过我平时穿的也是运动服，所以觉得校服还挺适合今天的场合。

我和结希人在大津港附近的商务酒店住了一晚，退房后步行过来。密歇根号登船处有许多和家人一起来的游客，也有坐巴士来观光的老年旅游团。

"我们坐的那一趟应该是十一点出发，全程大约九十分钟。"

结希人看着售票窗口的时刻表说道。这个船每天四班，周末和节假日还有夜行船。

"不好意思，让你们久等了。"

我顺着声音望去，便看到成濑同学穿着一袭轻盈的淡蓝色连衣裙，头戴一顶素雅的白色草帽，明媚地站在那里。她的这身打扮与平时在赛场上的运动装扮截然不同，但非常适合她。还没等我开口，结希人已经替我回答了："不，我们也是刚到。"

"今天天气晴朗，正适合乘船游玩。"

成濑同学望向琵琶湖，双眼眯成了弯弯的月牙。

"前几天我在商业街参加抽奖活动,抽到了两张密歇根号游船票,你俩来了正好。"

成濑同学说着,拿出了两张票。

"啊?这票我们俩用,那怎么好意思。"

"《大津市民章程》上写着'让游客感受到温暖',能接待你们是我的荣幸。"

原来她邀请我们是因为《大津市民章程》。竟然真有如此忠实遵守章程的市民。

"我有大津市民优惠,不用客气。我去换票了,你们稍等。"

她说完便向售票窗口走去。

"我想赶快坐上密歇根号了。"

看着结希人兴奋的样子,我忽然产生一种危机感。

"难道你对成濑同学……"

这家伙做事的动力经常是因为想要追求某个女生,他看似是在关心我这个从小玩到大的朋友,但也很有可能是对成濑同学有所企图。

"不,绝对不可能!"

结希人立刻否定。而这也让我有些恼火,好像成濑同学一点魅力也没有似的。

"为了不妨碍你们,我一会儿就找机会离开。成濑同学的船票我们俩各付一半怎么样?"

他的提议很合理。

我原本打算大方地承担船票的全部费用,但额外增加了一晚住宿费导致资金有点紧张。成濑同学回来后递给了我们船票和乘船指南。

"你的船票钱，我们也要分担的。"

"不，真的不用客气。你们用那些钱买点大津的特产带回去吧。"

成濑同学的慷慨令我惊讶，让人禁不住怀疑她莫非是密歇根号的老板。结希人则毫不客气地说道："是啊，也得给学长学姐们买点礼物。"

湖边停着密歇根号和一艘名为"湖之子"的船。

"'湖之子'是给滋贺县的五年级小学生们乘坐的学习船。他们在船上学习有关琵琶湖的生物及水质的知识，还可以在船上享用咖喱饭。"

这让我想起在网上看到的成濑同学小学时的照片。她在遥远的滋贺县和我度过了相似的童年，想到这里我不禁感觉人生真的很奇妙。

在开船前十分钟，我们登上了密歇根号。

"我们先去三楼吧。"

我们跟随着成濑同学上了楼梯。三楼是一个宽敞明亮、装点着玻璃窗的大厅，中央设有一个装饰华丽的舞台，周围摆放着可供随意选择的座椅。得益于空调的送风，大厅内很凉爽。

"今天天气晴朗，正适合乘船游玩。"

密歇根号的乘务员说着和成濑同学一样的话，让我忍不住发笑。一个五岁大的孩子自告奋勇地走上舞台，敲响了船只离港的铜锣。

船离开大津港向北行进。我们登上了四楼甲板，微风轻拂，格外惬意。我与成濑同学并排坐在椅子上。结希人很懂事地用手机拍摄着琵琶湖的美景，没一会儿就悄然不见了。

"我很喜欢在这里发呆。"

我跟着成濑同学一同凝望对岸的风景。琵琶湖宽阔得宛如海洋，但没有海水的咸味。空气清新干爽，船身也几乎不晃动。

"成濑，你经常坐密歇根号吗？"

"也不是，一年可能坐两三次吧。"

对于当地的居民来说，这已经算是多的了。尽管广岛也有游船，但除了小时候和家人去过一次，我就再也没有乘坐过。

"无论乘坐多少次我都不会感到厌倦，我很喜欢这艘船。"成濑同学发自内心地说道。

我们俩静静地望着天空，我们间流淌的安静让我感到很舒服，此刻任何言语都变得多余。她和锦木歌牌社的女生们完全不同，她们一有点事就大呼小叫的。

"西浦，你跟中桥认识很久了吗？"成濑同学突然问道。

她还记得我们的名字，这让我感到很意外。

"是的。我们从幼儿园开始就认识了。"

"我也有个从小一起长大的朋友。要是今天没人和我一起来，我就打算跟她来了。"

"啊？那真是不好意思了。"

"没关系，我和她随时都能来。"

我开始好奇那个人是怎样的。她说话的语调会不会和成濑同学一样呢？

"成濑，你是什么时候开始练歌牌的？"

"高中开始的。"

成濑同学告诉我，她打了三场比赛就直接从初段接连晋升到二段和三段。

"昨天是我第一次参加 B 级比赛，感觉确实挺有挑战性的，要是还想再上一层台阶，还需要研究如何才能更精准地抢牌。"

成濑同学仿佛在练习一般，在空中做了个挥手的动作。

"成濑，你的目标是什么？"

"我想活到两百岁。"

我原本是想询问她在歌牌上的目标，没想到她说出了一个如此宏大的梦想，不禁让我有些发蒙。我以为她是在开玩笑，但她看起来却非常认真。

"活到两百岁……那一定很不容易吧。"

我觉得直接否定她的想法可能不太好，于是便坦率地表达了我的感想。

"过去也没有人相信人能活到一百岁，但我们现在不是已经有人实现了吗？所以在不久的将来，活到两百岁也有可能会变成现实呀。"

成濑同学说，她为了增加生存概率，平常一直在积累有关生存技能的知识。

"在我看来，至今没有人活到两百岁，是因为多数人从未想过要活那么久。如果愿意活到那个年龄的人多起来，或许就会有人实现这个目标。"

此时我突然意识到，我喜欢上了成濑同学。不，更准确地说是我承认了我的感情。我想和成濑多待一会儿，倾听她说话。我多么希望能一直和她待在密歇根号上，在琵琶湖上无拘无束地漂着。我瞥见结希人在远处用手机对着我们拍照，但此刻我没有心思去理会他。

"成濑同学，你有喜欢的人吗？"

但就算她没有，我就有机会吗？我今天就得回广岛了，我也没有能经常来见她的经济实力。

"你是想问我有没有恋爱的对象吗？"

"嗯。"

成濑同学自言自语地说："这还是第一次有人问我这个问题。"她把手托在下巴上，似乎在思考着什么。

"问这样的问题，是不是表示你喜欢我呢？"

"对不起，当我没问……"

我恨自己笨嘴拙舌的，真想一头扎进琵琶湖里啊。我就不应该绕弯子，应该直接告诉她我的真实想法。

"能不能告诉我，在这么短的时间里，我的什么地方吸引你了呢?"

成濑同学注视着我的眼睛问道。

"与其他人不一样的地方吧。"我脱口而出。至少在我遇见的女生中,没有人像成濑同学这般与众不同。她点了点头说:"原来如此。"

"不过,在大津,像我这样的人也不多见,可从来没有人对我表达过喜欢。可能我有什么地方让你印象深刻吧。"

成濑同学的视线再次投向远方。现在我是不是应该说些更好听的话呢?

刚才还在享受着安静的氛围,此刻却开始倍感煎熬。

"我在船上转了一圈,真是太棒了。"结希人兴奋地回来了。

他是前来解救我,还是纯属巧合?

"西浦,我也带你去其他地方看看吧。"

成濑起身,若无其事地朝楼梯走去。

下到一楼,我发现湖面与我们的距离比之前想象的还要近。之前没留意到,其实船在以相当快的速度前进。人们通常都认为湖水是淡蓝色的,但仔细观察就会发现它是一种说不清是蓝,是绿,还是灰的颜色。

"我总觉得自己好像随时都会掉下去,怪可怕的。"

听结希人这么一说,成濑同学指向栏杆上拴着的救生圈:"万一掉下去,可以让附近的人投救生圈给你。"

"如果附近一个人都没有，那就什么也别想，放松身体然后仰望天空。人体吸气后，身体的2%就可以浮起来。这时只要确保鼻子和嘴露出水面就不会有生命危险。不过，淡水的浮力比海水要小，需要格外小心。"

成濑同学侃侃而谈时，结希人不解地望向我。

"成濑同学是为了活到两百岁，所以时刻都准备着应对突发事件。"

"两百岁？"

结希人扑哧笑出声来，我真想冲他的后脑勺来一巴掌。面对这个反应，成濑同学似乎早已习以为常，没有回应，只是继续沉默地盯着湖面。

我们来到二楼的船尾，看见红色的外轮正在飞速地旋转，往外飞溅着水花。成濑同学说这样的外轮船在全世界都十分罕见。被外轮搅动的湖面泛起了白沫，不久后又恢复到原来的平静。我和结希人观赏着外轮，而成濑同学站在稍远处。

"怎么了？"我好奇地问。

"如果被卷进去的话肯定会立即丧命，所以我离远一点。"

听她这么一说，我也害怕起来，从栏杆处往后退了几步。

"哪有那么严重！"结希人说。我心想他大概连一百岁都活不到吧。

当游览接近尾声时,我们回到三楼的舞台欣赏了现场音乐表演。密歇根号的歌手演唱了音乐剧和迪士尼电影的插曲。

成濑同学随着音乐节奏轻轻摇摆肩膀,并拍起手来。我也加入其中,在那一刻我感觉自己仿佛与这艘船融为一体了。

一位歌手走过来向成濑同学表示感谢:"谢谢你听得那么投入!"而我的注意力则都放在尽力跟上成濑同学的节奏上。

密歇根号结束了九十分钟的航行,在大津港靠岸。

"真是太开心了。"

下船后,结希人迫不及待地说。但实际上他在听音乐时一直玩手机,这让我有些生气。

"开心就好。"

成濑同学回答结希人。我却为自己此刻找不到合适的话而懊恼。我把手机递给结希人说:"能帮我们拍张照片吗?"

这时成濑说道:"拍纪念照的话,我给你们拍吧。"

我感到有些失望。显然,对于成濑同学而言,我们只不过是"游客"。

"不是,是我想和你合个影。"

成濑同学平静地说:"哦,原来是这样。"说完,她摘下了口罩。我们背对密歇根号并排站着,看向结希人。

"拍了,笑一个!"

我接过手机,看到照片中的我表情僵硬地做着胜利的手势,而成濑同学则面无表情,直挺挺地站在我旁边。

"对不起,我去趟洗手间。"

这话她竟说得如此直接,我一边想一边看着她走进卫生间。

"小西,你没事吧?"

结希人看着我的脸问道。

"怎么了?"

"你没觉得成濑同学有些古怪吗?前天我就觉得有些不对劲。我看你们俩独处的时候,也没什么可聊的……"

这家伙什么也不懂。亏他和我还是从小玩到大的,还这么不了解我。不过,我知道他是为我着想,而且还特意陪我多留了一天,这一点我很感激。我可以选择听结希人的话放弃这件事返回广岛,但我知道,这么做我一定会后悔。

"不好意思,我想和成濑同学单独待一会儿。"

"你说真的吗?"

结希人睁大了眼睛。

"你到底喜欢成濑哪一点?"

"真是烦人。每次你喜欢上谁,我也想问同样的问题。"

话音刚落我便觉得或许说得太过了,但结希人苦笑着说道:"确实如此。"

"走吧,我们去吃午饭。"成濑同学从洗手间回来后,向我们俩提议道。

结希人走上前说:"谢谢你今天带我们去坐密歇根号。我有点事得早点回去,我就先走啦,你们俩好好玩。"

成濑同学并未表现出惊讶,回答说:"这样啊。虽然有点可惜,但也没办法。欢迎你再来大津。"

"好的。"

结希人对我低声说了句"加油",便匆匆离开了。

成濑同学带我来到大津港附近的一家餐厅。本以为如果结希人不在,我会感觉不自在,但没想到反而觉得解脱了,就像自行车卸掉了辅助轮,可以自由地奔向任何地方。

"凭借密歇根号的船票,在这里就能享受9折优惠。这里的米饭是产自滋贺县的绢光米,还可以免费加饭。"

我是个特别喜欢吃米饭的人,有时候甚至把咖喱饭当成菜就着米饭吃。这种可以免费加饭的餐馆简直就像是专门为我挑选的一般。

"成濑同学也喜欢吃米饭吗?"

"非常喜欢。"

成濑同学爽快地答道。我多么希望，她那句喜欢是对我的，而不是对米饭的。

"这家的近江炸牛肉饼套餐很好吃。"

单是听到"近江炸牛肉饼套餐"这个名字，就感觉足以吃掉一大碗米饭了。这个套餐里面有一碗米饭、一碟咸菜、一碗味噌汤、一份炸肉饼、一份玉子烧和一份金平牛蒡，还没开始吃就知道一定是满分的一餐。

"中桥同学也在这儿吃点再走就好了。"

近江炸牛肉饼实在太美味了，以至于我对让结希人回去感到过意不去。酥脆的外皮搭配松软的肉馅让人难以抗拒。也许刚才的烦躁只是因为肚子饿了吧。希望那家伙也能找到地方享用美食。

最终，我吃了四碗米饭，成濑同学吃了两碗米饭。

"你喜欢走路吗？"成濑问道。

虽然我没有特别思考过这个问题，但至少我不讨厌走路。

"嗯，没问题。"

"那我们就散散步吧。"

琵琶湖沿岸是一条散步道，有零星几人在悠闲地走着。

"你住在大津的什么地方？"

"就在离这儿大约一千米的地方。好不容易来一趟，要不要顺便去看看？"

"啊？"

虽然我对成濑同学居住的地方有些好奇，但我也想提醒她不要轻易把刚认识不久的男性带回家。

"今天就不去了吧。"

"嗯，确实有些绕路了。"

虽然我不太清楚她是否明白我的提醒，但她好像接受了我的提议。

"近江神宫离这儿也不远，挺好的。"

"是啊。我上幼儿园的时候，曾坐石坂线出游捡过橡子。"

一群正谈笑风生的男高中生从对面走来。平常我不在意别人的目光，但不知为何，这次与他们擦肩而过时，我竟感到有些紧张，我好奇别人是怎么看待我和成濑同学的。

说到底，成濑同学是怎么看待我的呢？刚才的表白还没有得到明确的答复，我心里面空落落的。

成濑同学一边走一边给我讲解琵琶湖的趣味知识，像是"琵琶湖在河川法上被定级为一级河流""最深处水深可达 104 米"等信息。或许对她而言，我不过是个游客吧？

正当我心事重重时，成濑同学突然停住脚步：

"好像心事很重啊。"

我心里一紧，以为自己的心思已被她识破，然而顺着她的目光望去，只见一个西装笔挺的男人正环抱膝盖坐在湖边，凝视着远方。

"得好好盯着那个男人,不能让他跳下去。"

"在大白天吗?"

"不论白天还是夜晚,那些想跳的人都会跳的。"

我们小声讨论时,那个男人突然站起来。仔细一看,他摇摇晃晃的,看上去有些不对劲。

"不好,西浦,我们得去阻止他。"

话音刚落,成濑就冲了过去。没想到她跑得这么快。我也百米冲刺追了上去。

"等等,别冲动!"

趁成濑同学分散男人的注意力,我一把将他抱住,使劲往岸上拉。

"喂,你、你干什么?"

"你不是打算跳进琵琶湖吗?"

"谁说我要跳琵琶湖啦!"

男人的怒喝把我镇住,我忙松开了手。

"真抱歉。因为您看上去非常沮丧,我们以为您要跳湖。"

男人带着不悦的神情整理着自己的西装。他的头顶上头发稀疏,从面相判断,大概四十岁。虽然我已经尽量控制力道,但如果刚才不小心用力过猛,真的会发生意外。

"怎么看也不能死在这里,所以打消念头了!"

听到他愠怒的话,我忍不住说出:"真的假的?"

"您想开了,实在是太好了。"

成濑同学看上去颇为激动,用力地点点头。

"你们到底是谁?"

"我叫成濑朱莉,是膳所高中二年级学生。一切判断都是我做的,他没有任何责任。您没事吧。"

"换成是你突然被这么强壮的大男人抱住,你能没事吗?"

"当时情况紧急,我们也是不得已。"成濑同学认真回应道,"如果在这附近投水自杀,很可能被卷到密歇根号的螺旋桨里从而酿成事故,请不要这样做。"

成濑同学指向正在航行的密歇根号。

"少胡说,你懂什么!"

男人越来越生气。我心想,既然他还有力气生气,那应该不会真的去自杀,但人心总归难以预料。

"确实,我缺乏阅历,无法感同身受您的痛苦。但我认为生命可贵,不应该轻易放弃。"

成濑同学毫不畏惧地继续劝说。她为什么在这个时候还能如此镇定?如果那男人突然抓住成濑同学,我应该会立即上去救她,但我也很害怕。我只能在心里默默祈祷成濑不要激怒对方。

"也许您会成为第一个活到两百岁的人,如果您在这儿结束生命,那就无法创造这个纪录了。"

"两百岁?怎么可能。"

"未来的事谁也说不准。二〇一九年,您可曾预料到东京奥运会会延期?"

"净在那儿胡说八道！"

"出什么事了？"两位警察跑过来，问道。

我这时才注意到一些路人正在远处注视这边。

"我们接到报案，说这里有纠纷。"

"这位先生想要自杀，我们过来劝他。"成濑同学指着西装男说。

"对。我们看到他情绪反常，便上前聊了聊。"我也补充道。

男人张了张嘴，似乎想说些什么，但又语塞。其实我也有过类似的经历，莫名与男人产生了一丝共鸣。

"你们来得正好。我们年纪还小，无法处理好这种事情，接下来就麻烦你们了。"

成濑同学恭敬地对警察鞠了个躬。其中一名警察觉察到男人情绪异常，便温和地安抚着他，并将他带走了。

"你叫什么名字？"

另一名警察问成濑同学。

"我是膳所高中二年级学生成濑朱莉。他叫西浦君，来自广岛。这件事的责任在我。"

警察问了我们几个问题，然后就让我们离开了。我们按照原计划继续散步。

"西浦，幸好有你在，帮了大忙。"

"我也没做什么，我只是在旁边看着而已。"

其实我很害怕，但我不能告诉成濑同学。

"不,你让我觉得很有安全感。哪怕真的出了什么状况,我相信你也一定能赢他。"

看来,我已经从一个游客升级为她的保镖了。这要感谢我从小就吃很多饭,长得又高又壮。

"我刚才一直在思考,我现在有很多要做的事,暂时无法回应你的感情,我打算把恋爱留到人生的后半段。"

听成濑这么说,我不由得笑了出来。照这么说,我怕是还要等上八十多年。但即便如此,能够从成濑同学那里得到一个认真的答复,我觉得很高兴。

"刚才看到你条理清晰地劝说那个男人,让我更喜欢你了。"

她在危急时刻展现出的冷静和勇敢,让人印象深刻。我想成濑同学身边肯定也有喜欢她的人,只是没有人主动告诉她。

"真的吗?"成濑同学惊喜地叫道。

"每当我要做这种事,大多数人都会劝我'不要做,太危险了'。"

怪不得她刚才与警察交流得那么自如,原来并非第一次做这种事情。

"我一向觉得谈恋爱是别人的事。所以,当听到有人说喜欢我时,我感觉很不可思议。"

成濑同学害羞地移开了视线。

看着她可爱的模样,我很庆幸自己向她表明了心意。

当我们到达膳所站的检票口时,我心中充满了不舍,同时也因为和成濑同学的旅程即将结束而松了一口气。

"可以告诉我你的联系方式吗?"

我一直都没能找到合适的时机问,结果拖到现在。我拿着手机的手在颤抖着,害怕万一被拒绝该怎么办。

"好,没问题。"

我提着的心刚刚放下,成濑同学却拿出了一个记事本,在上面写了一些东西然后递给了我。

"给你这个。我没有智能手机。"

我简直不敢相信自己的耳朵。我快速回想了一下,好像确实没有见成濑同学玩过手机。可是,没有智能手机,她是怎么生活的呢?她递给我的纸条上写着姓名、地址和固定电话号码,字迹整洁规范,就像是硬笔书法字帖上的字。

"没有……智能手机?"我惊讶地重复了一遍。

"是的,你随时都可以给我打电话。"

就算是好朋友,我也从来没有往对方家里打过电话。我想我可能不会给她打电话。虽然是这么想的,我又生怕将这份宝贵的个人信息弄丢,便小心翼翼地把它对折放入衬衫胸前的口袋中。

"今天真的很开心,谢谢你。"

"听到你这么说,我也很高兴。"

成濑同学伸出手来，想与我握手，我赶紧在裤子上擦了擦手上的汗，然后小心地用双手握住了她的手。在我看来，大多数人的手都很小，但成濑同学的手比我想象的还要小，感觉十分纤细。

与成濑同学依依不舍地道别后，我走到了站台里面。从这里乘坐普通列车到京都站，再换乘新干线，不到两小时就可以到达广岛。不知道明年还有没有机会再来大津，想到这里我顿时感慨万千。这时突然有人拍了拍我的背，我吓了一大跳，心跳几乎都要停止了。

"辛苦啦。"

出现的是结希人。

"你一直在跟着我们吗？"

"嗯。大家都挺关心你的，所以我一直在 LINE 上做实况转播。警察出现时，我还替你担心来着，不过后来气氛还算不错嘛。"

那一刻，我已经无力去跟他生气了。回到社团后，大家肯定会拿我寻开心好一阵子。

尽管如此，我对今天的事并不后悔。我摸了摸胸前的口袋，确认成濑同学留给我的联系方式还在。

"你们加 LINE 了吗？"

"成濑同学没有智能手机。"

"什么？"

结希人突然一脸同情地拍了拍我的肩膀。

"现在还有不用智能手机的女高中生？还是忘了成濑同学吧，去寻找新的恋情。"

我和结希人坐上了开往京都的列车。

"我能理解你的心情，毕竟我曾经历过无数次。你可能会很难过，不过你随时都可以向我倾诉。"

我没有理会絮絮叨叨的结希人，闭上了双眼，密歇根号上看到的琵琶湖风光浮现在我眼前。我决定回到广岛后给成濑同学寄一封感谢信。

心动江州音头

成濑朱莉每天很早就会起床。她通常在四点五十九分五十八秒醒来，关掉会在两秒后响起的闹钟，然后脱下纯棉的睡衣，换上运动装，扎好头发。为了不吵醒父母，她会安静地洗脸刷牙，涂上防晒霜，走出家门。

和昨天天气预报预测的一样，今天是一个酷暑日，烈日炎炎。成濑出门以后感觉就连头发都在吸收阳光的热量，非常炙热。刚上高中时剃光的头发，过了两年零四个月，如今已经长到了肩胛骨的位置。最初只是出于好奇，想看看光头留三年会长成什么样，结果没想到所有头发一样长是如此难看，这时候才体会到理发店的重要性。

她其实很想去理发店修剪头发，但是班上的大贯枫曾鼓励她把实验进行到底。如果不是当初和大贯说要做这个实验，她或许早就放弃，去理发店修剪头发了吧。想到这儿，成濑非常感激大贯。

当成濑来到琵琶湖边时，发现有一些和她一样早起的人们正在散步或慢跑。

成濑会向遇到的人大声打招呼："早上好！"尽管有

些人不予理会，但大多数人都会回应她"早上好"。打招呼也是预防犯罪的一种基本手段。

热身之后，她会跑到两千米之外的大津港。相比寒冷的冬天，她更喜欢炎热的夏天。在夏天身体更为灵活，还能大量出汗，运动后倍感舒畅。然而，近年来的高温热浪来势凶猛，即便是早晨七点出门也令人担忧是否会中暑，因此她将运动时间提前到了早上五点。

跑完往返四千米后，她会回家冲个澡。洗衣服是成濑的任务，她把洗衣液的瓶盖举至眼睛的高度，对准瓶盖上的刻度精确地量取洗衣液，再倒入洗衣机中。

这时，她的父母也起床了，一家三口边看电视新闻边吃早餐。成濑每天早晨都会亲自做火腿煎蛋。她用西浦航一郎送的在广岛购买的饭铲盛了些饭，在上面放上火腿煎蛋，再淋上点酱油，一份早餐就此完成。接着，她把饭端上桌，趁热享用。

"今天下午五点在小学有个'心动夏日祭'筹备会。我晚饭就在外边吃了，不用给我留饭。"

她跟妈妈说完，便回到自己的房间。夏天是备考的关键时期。她已经退出了歌牌社，接下来会全力以赴备战高考。她的第一志愿是京都大学，这几次模拟考试她一直都保持在 A 级判定，班主任老师说，只要保持这种状态，进京大应该不成问题。尽管班主任老师总是在全班面前强调"考试千万不能掉以轻心"，但他认为成濑不会犯这种低级错误。

成濑遵循自己制定的学习时间表,认真完成习题集里的题。她各科成绩均衡,没有特别偏爱或擅长的科目。如果非要选一个的话,她更喜欢答案明确的数学。

因为久坐不利于身体健康,所以每隔一小时,她就会做些俯卧撑、仰卧起坐和深蹲来活动活动筋骨。她明白备战高考,体力也同样重要。

锻炼完,她会对着墙上贴的海报做眼保健操。想要活到两百岁,就必须利用好一切现有资源。饭后,她都会认真仔细地刷牙,吃木糖醇含片。保持这些好习惯让她至今没有一颗蛀牙。

午休结束后,成濑继续投入到学习之中,直到晚上筹备会开始前十五分钟才离开家门。

在去心动小学的路上,会经过西武大津店的旧址。这里即将建成十五层高的公寓,名为"湖滨大津鸠之浜纪念高级住宅",将于今年春天完工,六月开始入住。

公寓建好后,成濑迫不及待地想要进去参观,然而,她清楚一个高中生自己去参观并不合适。因此,她向父母提议一起去参观,妈妈有些不情愿,担心会遭到推销人员的纠缠,而爸爸却表现出了浓厚的兴趣,于是报名了样板房的参观。

大楼样板房位于十二层。旧西武大津店只有七层,所以这里原本是空中。走进样板间,成濑有种飘浮在西武上空的感觉。

她透过朝南的窗户,看到了和在西武大津店露台上所见的相同的风景。这栋大楼背靠琵琶湖而建,因此视野内尽是山色。从成濑家所能见的景致也大致如此。她原本以为自己会对西武大津店有一丝缅怀,可实际上并没有那么强烈的感触。

反倒是她爸爸十分兴奋,用语音识别来操控家电,乐在其中。

"哎呀,还是新房子好啊。"

回到家后,爸爸迫不及待地拿着宣传册子给妈妈一一介绍起来。成濑家目前居住的公寓已经有二十个年头了。她自出生便住在这里,所以并不觉得房子老旧,但与新公寓一比确实还是逊色不少。即便如此,他们三人都清楚,在两所公寓距离很近,步行仅用五分钟的范围内搬家是毫无必要的。

"搬家的话,肯定是要搬到更加方便的地方啊。"

妈妈曾说,他们当初选择这座公寓就是因为它离西武非常近。如今西武没有了,一定要住在这里的理由就消失了。成濑也曾考虑过,由于新快速电车不在膳所站停车,所以希望能住在新快速电车能停的车站附近。

然而,要离开自己自小就生活的心动地区,还是会有些依依不舍。尤其成濑还是心动地区夏日祭的执行委员会成员之一。

每年八月的第二个星期六，心动夏日祭在心动小学的操场举行。家长会和自治会都会出摊位，还有舞台表演与抽奖环节，许多人都会来参加，热闹非凡。

今年这个活动将在一周后正式举行，今天则是召开整体筹备会的日子。

成濑在湖滨大津鸠之浜纪念高级住宅前等信号灯时，看见岛崎走了过来。她剪了一个圆润的波波头，成濑不禁盯着看了起来，心里好奇这样的发型到底是如何剪出来的。

"今天也好热啊。"岛崎说道。

岛崎和她一样，也是一名夏日祭的执行委员。她们是在高中一年级，在马场公园练习漫才的时候被当时的执行委员长吉岭贤发掘的。

"听说你们俩成立了一个叫ZEZEKARA的漫才组合，我感觉很适合心动夏日祭。如果你们愿意，我想请你们担任总主持。脚本我们这边准备，如果感觉筹备会议太耗精力，你们也可以不参加，你们按照自己的精力程度参与就好。"

虽然成濑一直知道心动坡上有一个吉岭贤法律事务所，但这还是第一次见到吉岭本人。他看起来与成濑的父母年纪相仿，却拥有一张娃娃脸，戴着眼镜，像是正在膳所高中上学的学生。成濑也觉得与当地居民进行交流很重要，所以立刻同意了。岛崎本可以拒绝，但她说"既然成濑愿意，那我也没问题"，一同答应了。

在接受这项主持工作时，成濑向吉岭提出了一个要求。

"如果可能，希望您能给我们准备一套主持时穿的服装。"

无论是T恤还是其他服装，只要两个人能保持着装一致就可以。之前以ZEZEKARA组合登台时，她们曾穿过西武狮队的球衣，但两人都不是西武狮队的粉丝，所以感觉有一丝愧疚。

得知这一情况后，吉岭便用心动商业街和山田体育用品店的赞助，为她们俩专门定制了一套球衣。球衣底色为象征琵琶湖的浅蓝色，文字为白色，胸前有"ZEZEKARA"的文字。成濑的球衣背上印有编号"1"和成濑姓的日文罗马字"NARUSE"，岛崎的则印有编号"3"和岛崎姓的日文罗马字"SHIMAZAKI"。袖子上则印有赞助方的名字："心动商业街""山田体育用品""吉岭贤法律事务所"。

两年前，两人穿着这套定制球衣在心动夏日祭上以总主持人的身份亮相并顺利完成了那天的主持任务。成濑本来就不易紧张，而岛崎也表现得十分沉稳，出色地完成了主持工作。

她们还穿着这套球衣参加了那一年的M-1大奖赛的初赛。M-1大奖赛官方网站上刊登了所有参赛者的照片，包括身着定制球衣的ZEZEKARA。虽然照片上看不清楚赞助方的名字，但心动商业街的居民们还是非常高兴她们能代表心动地区参赛。

从此以后，ZEZEKARA就成了心动夏日祭的固定总主持人，今年将迎来她们的第三届主持工作。

"成濑同学，岛崎同学，谢谢你们能来。"

两人一进入心动小学的会议室，吉岭便和她们打招呼。会议桌呈"口"字形摆放，有几个人已经就座。执行委员之一的稻枝敬太正在面无表情地分发瓶装茶和会议资料。

据说吉岭和稻枝从小一起长大。岛崎有次问他们："你们不考虑一起说个漫才吗？"吉岭笑了笑，说："连考虑都没考虑过。"

"朱莉，前几天你登上了近江日报啊。"

提前到来的酒铺阿姨向成濑打招呼。不久前，膳所高中的歌牌社登上了近江日报。成濑作为歌牌社的主将，她的名字也出现在了报纸上，而且在刊登出的集体照中，她站在前排的中央位置。

"哦，您看到了。谢谢您。"

成濑简短地回答，似乎想立刻结束对话，这时岛崎自然接过话茬说："好厉害呀。成濑之前也时常上报纸的。"岛崎这种出色的交际能力不知化解了多少次可能出现的尴尬局面。尽管岛崎常夸成濑厉害，但真正厉害的人其实是岛崎自己。

到了开会时间，吉岭走到会议室讲台主持会议："好，现在开始开会。我们来讨论一下心动夏日祭的整体计划。"

会议确定了活动当天的具体安排。ZEZEKARA将担任节目的总主持，负责节目的推进，不在舞台上时就在总控室里待命。今年的活动内容与往年大体相同，共分为四个部分：第一部分是自由演出，包括幼儿园小朋友的歌唱、小学生的舞蹈等；第二部分是绘画比赛的颁奖仪式；第三部分是幸运大抽奖；最后是大家一起在操场上跳江州音头[1]。

大约一小时后，会议结束。成濑和岛崎顺路来到一家名为"惊驴"的连锁汉堡排餐厅。因为是周六的晚上，店里客人很多，有很多都是一家人领着孩子来吃饭。成濑点了她常点的芝士汉堡肉饼套餐和一份迷你奶油冰激凌，岛崎则点了夏天限定的夏威夷汉堡肉饼盖浇饭和一份桃子巴菲。

"我们俩好像很久没见了。"

"是啊。前一阵子我都在忙歌牌的事。"

上初中时可以结伴一起上下学，所以每天都能见面。但自从上了不同高中之后，有时候一个月都见不上一面，今天是岛崎提议的开完会一起去吃饭。

---

[1] 滋贺县在日本古时属近江国，俗称江州，"音头"是一种随着歌声起舞的集体舞蹈，也指伴舞的歌谣。江州音头是滋贺县夏日祭的常见活动。——编者注

"今年的 M-1 预选赛又开始了。看到 YouTube 上有上传的视频,我就忍不住点进去看。"

她们曾参加过四次 M-1 大奖赛,每次都是在初赛阶段就被淘汰。观众的笑声似乎一年比一年大,但显然她们的表演还没达到通过初赛的及格线。去年的比赛结果公布后,成濑提出:"说漫才,我们就到此为止吧。"岛崎也同意了这一决定。

"回想起来,我们曾跟千岛酱组合在同一个休息室待过,真是不可思议啊。"

"是啊,那确实是一段难得的经历。"

千岛酱组合是她们第一次参赛时与她们同组的职业搞笑组合,后来声名鹊起。去年,千岛酱闯入了 M-1 大奖赛半决赛,并出现在败者组的复活赛中。从今年四月开始,他们在 MBS 电视台推出了一档深夜节目,节目名取自他们自己的组合名,叫作《千岛酱美食缘》。由于成濑习惯每晚九点睡觉,一直没有机会看到这档节目,但她经常在电视上看到节目的宣传广告。节目内容围绕关西各地的特产和热门餐厅的菜品展开,他们会在这些美食上淋上千岛酱,一边品尝一边与嘉宾展开交流。

两人正谈论着 M-1 大奖赛时,服务员端来了她们点的餐。成濑从小到大只点过芝士汉堡肉饼套餐,但看着岛崎吃着新品汉堡肉饼盖浇饭,她在心里想,或许也可以偶尔尝试一下新口味。

正当成濑用小勺舀出埋在奶油冰激凌底部的白玉团子，送入口中的一瞬间，岛崎说出了一个令她震惊无比的消息。

"我要搬到东京去了。"

岛崎一边吃着桃子巴菲，一边平静地说道。她那淡定的表情，让成濑一瞬间怀疑自己听错了。她想要立刻回应，但又不想让口中的白玉团子哽在喉咙，只好继续咀嚼着糯米团子。

"不知道东京那边有没有惊驴餐厅。"

岛崎接下来的话，让成濑意识到自己没有听错。

"这么重要的事，你一直都瞒着我？"

成濑终于把嚼碎的白玉团子咽下，问出了心里的第一句话。但随即又担心这句话可能会引起误会，但为时已晚。岛崎略显不悦地解释道："我也是最近才知道的，并不是故意瞒你。"

"我并没有责怪你瞒着我。我是想说，你今天从见到我，一直像什么事都没有发生似的跟我相处，我觉得很厉害。"

从她们在信号灯前相见开始，岛崎就一直表现得和往常没什么两样。

"搬家还早着呢，我原本今天不打算提这事的。我爸爸工作的分公司要关闭了，他被调到东京去工作了。"

最初是岛崎的爸爸一个人搬到东京，但岛崎的妈妈非常喜欢大城市的生活，她兴奋地表示："要是能住在东京就太好啦。"于是岛崎家计划等岛崎上大学后就全家一起搬到东京。

"我爸爸说，如果我想读这边的大学，也可以自己留下来。不过我觉得跟父母一起住比较轻松，而且我也有点想体验一下东京的生活。"

岛崎之前打算报考在家附近，可以走读的滋贺大学或者是京都大学。如今家要搬到东京，那么想要报考的大学自然也要随之改变。成濑当初决定报考京都大学而不是东京大学，主要原因也是考虑到"离家近"，所以，她能理解岛崎现在的选择。

成濑默默凝视着面前装着水的水杯。她试着通过意念让水产生一些变化，但水面平静如初。

"咦，这不是美雪吗？"

一群女孩的到来打破了平静，服务员安排她们坐在成濑和岛崎斜对面的座位。五个女孩都穿着休闲服装，都是成濑不认识的生面孔。

"你不是说今天要去开会吗？结束了？"

一个扎着丸子头的女孩问岛崎。

"嗯，结束了，我们过来吃点东西。"

可能这些女孩在明年春天以后也不能经常看到岛崎了。成濑意识到自己不能独占岛崎。

"我先回去了，你们慢慢聊。"

成濑从钱包里拿出刚好不需要找零的钱放在桌

上，站了起来。岛崎露出歉意的眼神，但见成濑默默地向她点头，便说："好的，那下次见。"并向成濑挥了挥手。

从惊驴餐厅到家只需步行三分钟，但成濑还是希望尽可能缩短独自走夜路的时间。她以最快的速度跑回家中，直接进浴室舒舒服服地泡了一个澡。

升入大学后跟高中同学分开是常有的事。成濑周围也有人选择把关西以外的大学作为报考的第一志愿，听说有一些人还对离开父母独立生活充满期待。然而，成濑一直深信岛崎会一直在她身边，即使不得不分开，只要她的父母家仍住这栋公寓里，她们就能一直保持联系。

成濑的另一个新发现是，ZEZEKARA的活动可能影响了岛崎的人际关系。从今天可以看出，岛崎为了参加心动夏日祭的筹备会议拒绝了朋友的邀请，也许在自己和岛崎的友谊中，岛崎一直在牺牲自己的生活。想到这些，成濑心情有些低落，就连洗完澡后喝的牛奶都不如从前那般清爽。

成濑的妈妈坐在餐桌前刷着手机。

"岛崎要搬去东京了。"

"啊？什么时候？为什么？"

"因为她爸爸工作调动，她说等她上大学以后就全家一起搬到东京去。"

成濑的解释异常简短，与她满心的惆怅毫不相符。

母亲关切地说:"到时候大家都该想她了。"

两人的相识可以追溯到二〇〇六年十二月。成濑的妈妈抱着当时才七个月大的成濑去西武百货,恰巧在公寓门口遇见了岛崎一家。当时的岛崎还是个刚离开妇产科医院的新生儿,被爸爸抱在怀里,戴着一顶小白帽,裹着一条黄色的毯子,睡得正熟。

成濑将用过的杯子洗干净放回碗架,然后刷了牙,回到自己的房间。毫无疑问,岛崎的离开会使她感到孤单,但仅仅孤单一词已经不足以形容她现在的复杂心情了。通常,成濑九点钟就会自然入睡,但这一晚,她却辗转难眠。

第二天一早,成濑被闹钟叫醒,比往常晚起了两秒。似乎从这一小小的延迟开始,好像触发了连锁反应,无论做什么都异常不顺。晨跑比往常更吃力,跟人打招呼被无视,洗衣液也不小心洒了出来,火腿鸡蛋也煎煳了。

最糟糕的是,连数学题也解不出来了。往常她一看见题目便能立刻想出解法,但今天拿着自动铅笔的手却一动不动。她尝试用各种方法来计算题目中的算式,却始终无法得出正确的答案。对于一些不擅长数学的学生来说,这种情况很常见,但对于成濑来说却是第一次。这样一来,她继续学习的热情也消失了。

成濑将自动笔放在桌上,双手枕在脑后,仰望着天花板。她试着背诵乘法口诀，结果都可以顺利地背出。从解题公式到加法定理也都能流利背出。重新打起精神再去解题，可手上的笔还是动不起来。

仅仅是因为知道岛崎即将搬家了，成濑便陷入这般状态中。成濑意识到，之前很多看似理所当然的日常，其实是建立在一种脆弱的平衡上。

笔记本上密密麻麻地记录着数学公式。直到昨天，成濑都还不知道岛崎要去东京，而且根本也没有考虑过岛崎的事情。

学习其他科目的效率也似乎不如往日。她暂停学习，想玩剑玉放松一下，不料连基本的止剑也无法完成。她猜想可能是睡眠不足的缘故，于是便躺到床上想要小憩片刻，却还是被杂乱的思绪所困，无法入眠。

钟表的指针指向十点。在往日这个时间是成濑解题最得心应手的时刻。然而今天成濑待在家里只觉得很憋闷，她决定出去走走。

马场公园里有几个戴着帽子的小孩正在玩游乐设施。今天多云，天气不算炎热。成濑坐到秋千上，开始用力地荡了起来。

听着孩子们玩乐时的欢笑声，成濑不由得想起了自己的童年。她总是能比别人更快地爬到一个山坡形状的大型游乐设施顶端。当她坐着滑梯往下滑时，扎着两条小辫的岛崎就会跑过来对她说："朱莉，你真厉害！"

　　一想起岛崎，成濑不禁变得感伤。她从秋千上下来往公园外面走去，迎面看到大贯提着一个托特包朝这边走来。

　　"嘿，大贯。"成濑打了声招呼。

　　大贯则一脸不悦地回应："干什么啊？"

　　成濑似乎不受大贯的待见，但这并不影响成濑和她说话，成濑不讨厌大贯，所以并不在意。

　　"我不会做数学题了，心里烦，你有没有什么好方法？"

　　成濑迫切需要找到解决方案。大贯平常勤奋好学，应该能给出不错的建议。

　　"发生了什么事？"

　　"我在做京大的考题，可怎么都想不出解题方法。"

　　大贯无奈地叹了口气，说道："那就去做教科书上的例题嘛。"

　　这个建议出乎成濑的意料。教科书的内容早就学完了，而且平日里上课主要用的都是习题集，以至于成濑几乎忘记了教科书的存在。就在成濑思索着自己究竟将教科书放在何处时，大贯接着说道："还有，你的头发好像也该剪一剪了。"

　　"之前不是你说不要剪的吗？"

　　"那是之前的想法，现在的发型看着确实有点怪……"

　　大贯果然与众不同，能如此直率地说出这种话的也只有她了。

"大贯,你一般去哪家理发店?"

自从上了高中,大贯的发型就发生了改变。从以前的自然卷马尾变成了现在的披肩直发,她一定是找到了一个技艺高超的发型师。

"随便哪家都行,就去前面的普拉斯吧。"

大贯说完这句话便快步离开了。

剪个发换个心情,说不定学习效率也会提升。成濑走进马场公园附近的普拉斯发廊。发廊里边只有十个左右座位,但人却出乎意料地多。她站在原地,有些不知所措,直到工作人员走过来引导她坐到八号座位。

给成濑剪头发的美发师是一位看上去很健谈的中年妇女。"你的头发已经留了很久吧。"她轻松地问道。

"差点忘了一件重要的事情。请问您能借给我一把卷尺吗?"

成濑向美发师解释自己为了做实验所以把头发剃光后一直留到现在。美发师听后颇为感兴趣地说道"那可一定得量一下",并拿来了卷尺。

"头顶的头发是三十厘米,两鬓的大约为三十一厘米。"

根据头发平均一个月长一厘米的说法,现在头发的长度理应是二十八厘米,但实际测量的结果要更长一些。两边的头发比头顶长得快,这也是一个新的发现。

"年轻人头发长得快嘛。那你今天要剪多少呢？"

成濑请美发师将头发剪到大约过肩的长度，还修剪了刘海，这让她的心情顿时舒畅很多。她付完钱高高兴兴地回了家。

成濑在一堆写完的习题集中找到了自己的数学教科书。书页没有翻阅过的痕迹，显然没怎么使用过。随手翻开一看，原来每个章节都有配套的例题，之前一直没有注意过。

成濑从数学Ⅰ的"数与式"章节开始，按顺序把题目抄写到笔记本，并开始做题。这些题目的难度并不高，恰好适合她复习知识。在做题的过程中，成濑渐入佳境，连指尖都感到了血液的流动。

在做完数学Ⅰ的例题后，成濑忽然想起了岛崎。当初剃成光头时曾去给岛崎看过，现在剪头发了也应该和她说一声。

成濑乘坐电梯上楼，来到岛崎家门前，按响了门铃。岛崎打开门，一见到成濑便惊呼道："哇，你剪头发了？"

"在过去二十八个月里，头发长了三十厘米到三十一厘米。"

岛崎皱了皱眉头。

"你不是打算一直留到毕业典礼的吗？"

成濑解释说，本来她确实没打算剪，但大贯说她现在的发型看起来有些奇怪，建议她去修剪一下，她自己也这么觉得，于是就去剪了。

"我是不是不该剪啊？"

"那倒不是，但是……我有一点失望。"

岛崎看起来有些不开心，不过剪不剪头发终究是个人的自由。

"成濑，你总是这样。你曾信誓旦旦地说要努力成为喜剧之王，但四年后你却放弃了。"

"如果不去尝试，又怎么知道能不能实现呢？"

成濑觉得自己这样做并无什么不妥。播下的种子中哪怕只开出一朵花也足够了。

即便没有开花，每一次尝试过的经历也都能成为土壤中的养分。

"这次做实验我至少知道了不剪发会很热而且很难看。参加 M-1 大奖赛也是一样，正因为我们在马场公园练习漫才，才有机会被选为心动夏日祭的主持人。这些经历并非毫无收获。"

"我明白你的意思，但心里还是觉得有些不痛快。我原本以为可以看到你坚持到底，没想到你却半途而废。"

成濑感觉到汗水正沿着后背滑落。她回忆起过去的种种，发现确实如此。即便是成濑中途放弃的种子，岛崎或许也曾期待它能开出花朵。这样一来，岛崎对自己的失望也就不难理解了。

"抱歉，我要说的都说完了。"

成濑不知如何回应岛崎，留下这句话便匆匆跑下楼梯回家了。

她的心情本来一度好转，但现在又变得沉重了。成濑倒在床上，身体呈"大"字形，仰望着天花板。现在似乎无论做什么都不会顺利，那索性什么都不做吧。正当她这样想的时候，睡意渐渐袭来，她逐渐沉入了梦乡。

心动夏日祭倒计时第三天的晚上，成濑去参加了江州音头群舞的排练。

排练通知被刊登在心动夏日祭传单一个不起眼的角落，写着"江州音头排练通知 时间：八月七日(星期三)晚七点 地点：心动小学体育馆"，还附有盂兰盆舞的插图。执委会成员并没有强制要求必须参加，成濑之前也从未参加过。

"哇，成濑同学也来啦。太好了！"

在吉岭的热情欢迎下，成濑的情绪得到了些许慰藉。体育馆内从小孩到成人，大约聚集了三十人。

"江州音头是江户时代起源于滋贺的民谣。据说是因为近江商人在各地传唱，所以慢慢流传到了滋贺以外的地方。"

在听了江州音头协会的讲解与盂兰盆舞的基本动作指导后，大家开始伴随着江州音头的旋律跳起了盂兰盆舞。成濑之前都是看着别人的动作模仿着跳的，但现在意识到应该去认真学习舞步。协会的一位阿姨称赞成濑说:"小姑娘,你跳得真不错!"这让她重新找回了些许自信。

全身心投入跳了半个小时后,成濑觉得浑身有种舒适的疲劳感。

"大家辛苦了。都过来吃一个冰激凌吧!"

吉岭招呼着大家,与此同时,稻枝则从冷藏箱中拿出冰激凌摆在长桌上。

小孩们欢呼着跑过去挑选自己喜欢的口味。

成濑考虑到自己执委会成员的身份,只是远远地看着。这时,稻枝朝她招手说道:"成濑同学,你也来拿一个吧。"

成濑手中的嘎哩嘎哩君汽水味冰棒已经有些融化变软。确认所有人都拿到了冰激凌后,稻枝自己也拿起一个脆皮冰激凌品尝起来。

"今天你一个人来的吗?"

稻枝可能只是随口寒暄一句,类似于说"天气不错啊",但这句话却让成濑的心变得沉重。

"你一个人知道就可以了。ZEZEKARA 组合今年就要解散了。"

成濑好奇对方听到这个消息后会做出怎样的反应,于是直接说了出来。

"什么?真的吗?"

稻枝的声音比成濑预想的大了很多。

"因为上了大学，我们就要分开了。"

"这样啊。那可真是太可惜了。"

他的语气并不像是虚假客气，而是发自内心地这样想。

"又不是说永远见不到面，而且未来还能结识新朋友。"

成濑不明白为何自己在安慰自己。或许，这正是她想听到的话吧。

稻枝点了点头说："你说得对。不过，我也有些难过。"

稻枝稍微停顿后补充道："其实从你们在西武大津店门口进入电视直播画面的时候，我就开始关注你们了。"

"你在电视上看到过我们？"

成濑无意中提高了声音。之前，她只是把稻枝视作执委会成员之一，除了必要的交流就没什么别的联系了。没想到他会关注ZEZEKARA组合。

"阿贤第一次带你们两个来的时候，我真是非常惊讶。"

稻枝的脸不自觉地红了起来，原来像父亲这么大年纪的人也会有害羞的时候。

"其实我最近和岛崎闹了点别扭，所以今天才一个人来。"

成濑这么一说，稻枝的脸色立刻沉了下来。

"哎，这个情况最好尽快化解矛盾。我曾经就和一个朋友闹别扭后失去联系，之后再也没见到。这件事让我难过了整整三十年。"

"三十年？"

成濑意识到三十年后自己都四十八岁了，如果再过三个本命年才能见到岛崎，那真是一件令人害怕的事情。

"对，三十年了。直到西武百货关闭，我们才有了重逢的机会。"

稻枝的话刚说完，成濑留下一句"我去找岛崎"，便跑了出去。

"岛崎，那天是我不对，我向你道歉。"

门刚一打开，成濑便开始道歉，岛崎苦笑着问道："你为什么突然道歉啊？到底怎么回事啊？"

岛崎招呼成濑进屋。她们来到岛崎的房间，在一张矮桌前面对面坐下。ZEZEKARA组合就是在这个房间诞生的。

"我刚才去参加江州音头的排练了。我跟稻枝说和你闹别扭了，他劝我赶紧跟你和好。"

"我们什么时候闹别扭了？"

岛崎一脸迷惑地反问。

"就是上次，你说对我失望了。"

"哎呀，那个啊。就是因为大贯说什么你就做什么，你完全都在听她的，所以我有点生气。尽管我早就知道你挺爱说大话的。"

成濑听了岛崎的话,虽然觉得有些过分,但却无法反驳,因为的确有许多承诺她都没能兑现。

"而且,我发现我挺喜欢说漫才的。今年我们不能去参加 M-1 大奖赛,我确实感到有些失落。"

最初是成濑拉着岛崎开始说漫才的,她完全没有想到现在岛崎会这么想。

"那我们就在心动夏日祭上表演漫才吧,两分钟左右的时间,我觉得应该能够申请到。"

一听到成濑的提议,岛崎脸上立刻露出了明亮的笑容。

"好,那就这么定了。既然不去参加 M-1 大奖赛,那就多加一些带有我们本地元素的段子怎么样?"

两人准备好活页纸,便迫不及待地开始构思段子。她们列出了一些关键词,如"平和堂""心动坡""考生"等,然后围绕这些关键词展开想象,编织各种幽默的点子。

整理出了一些段子后,岛崎突然提出:"对了!既然是在膳所表演,那'来自膳所'这个开场白也得改一改。比如改成'从膳所走向世界!'怎么样?"

岛崎竖起右手食指,做出一个从胸前向斜上方挥出的手势。

"这个想法太好了!"

成濑也竖起食指往斜上方一挥,说道:"从膳所走向世界！我们是ZEZEKARA！"那一刻，成濑觉得自己真的能够展翅飞向世界，心情无比舒畅。她调整着挥手时的最佳角度，反复练习，岛崎在一旁笑着说："看来，你真的很喜欢这个开场白。"

第二天，成濑给吉岭打电话，询问能否让她们在夏日祭上表演漫才。吉岭高兴地说："当然可以了，你们一定要来表演。"并安排她们在江州音头群舞之前登台。

在写漫才剧本的时候，成濑觉得自己的情绪逐渐变得积极起来。她很庆幸能够与岛崎在同一栋公寓里长大，并且成了好朋友。即使将来岛崎不在身边，她们一起度过的美好岁月也永远不会消失。

剧本写好后，成濑拿给岛崎过目。

岛崎读后笑着说："这段子很有你的风格。"

两人背靠墙站立，一起挥出食指，齐声喊出："从膳所走向世界！"

"我是ZEZEKARA的成濑朱莉。"

"我是岛崎美雪。请多指教。"

岛崎以明快的节奏抛出装傻梗，与成濑的想象完全契合。

与四年前登台的紧张与生疏不同，她现在非常享受说漫才的过程。

演完一遍后，两人仔细讨论哪里还需要修改。

"要不要多加一些我们在平和堂经常遇到的事情？

比如每次进门时,门口的自动酒精消毒液总是会喷出太多,感觉有些浪费。"

"哦,我也用过那个,确实总是喷出太多了。剩下的消毒液我都会擦到脸上。"

"啊?这是你在说装傻梗还是真事?"

平和堂的总部位于滋贺县彦根市,据说在滋贺县内的任何一个车站附近都能找到平和堂。在成濑家不远的地方也有一家平和堂,而且在琵琶湖电视台的广告和报纸里面夹带的传单上都会看到平和堂的信息,本地人对它已经相当熟悉。

"一想到东京没有平和堂,我还感觉有点不习惯呢。"

成濑想起两年前的东京之行。那里人口众多,商业设施也很齐全,估计没有平和堂这件事岛崎很快就能忘记。

"对了岛崎,你决定考哪个大学了吗?"

"还没有头绪。我的成绩一般,能报的大学倒是不少,不过选择太多也挺让人纠结的。"

岛崎提及的几所大学都是成濑在参加箱根马拉松接力赛中听过的名字,这让她感觉到岛崎真的马上就要前往东京了。

心动夏日祭当天,成濑和岛崎下午三点准时到达会场帮忙布置场地。这已经是她们第三次参加这个活动,对大致流程已基本熟悉了。舞台搭好后,她们换上了 ZEZEKARA 的球衣进行最后的彩排。

想到这可能是 ZEZEKARA 的最后一次活动，一切都变得格外珍贵。不过意识到这可能是最后一次登台后，心中不免感到有些忧伤，于是成濑决定把注意力都放在今天快乐的事情上。

开场时间临近，正在台下等待上台的成濑回想起初中二年级时与岛崎第一次登上学校文化节的场景。那时候的岛崎因过于紧张而面露僵硬的表情，但如今她看起来非常放松。

"岛崎，你现在不紧张了吧？"

"其实我还是挺紧张的，只是有点习惯这种感觉了。"

对于从未紧张过的成濑来说，习惯紧张这个观点倒是挺新颖的。

"到五点了，咱们开始吧。"

在吉岭的示意下，两人走上台，拿起麦克风，大声说道：

"大家好，我是主持人成濑朱莉，来自 ZEZEKARA 组合，请多指教。"

"我是 ZEZEKARA 组合的岛崎美雪，请多指教。"

在舞台前方，聚集着很多正要上台的小学生们的家长，他们手持手机和相机，等待着记录孩子们表演的精彩瞬间。家长们的身后是餐饮区，摆放着桌椅，而稍远处则是各种美食的摊位。

"感谢各位今天的到来。"

"在这个盛夏之夜,就让我们相聚于此,一起度过今晚的美好时光。首先,有请执委会会长致开幕词。"

穿着蓝色短裤的吉岭首先向所有人表达了感谢,然后宣布"心动夏日祭,正式开始!"。现场响起了稀疏的掌声,一如往年。尽管常听人说"根本没人在看",但成濑还是认为不能辜负那些热情送上掌声的居民们。

"首先登场的是心动小学舞蹈俱乐部的同学们!他们整个暑假都在刻苦排练。现在请欣赏他们带来的精彩舞蹈。"

介绍完毕,两人退至幕后,在执委会主帐篷的折叠椅上稍做休息。

"天气太热,要记得补充水分。"

稻枝拿来了两瓶五百毫升的运动饮料。

"谢谢。"

成濑一边喝水,一边环顾了一下现场:表演舞蹈的小学生们,拍摄孩子跳舞的家长们,摊位前买小吃的居民们,到处奔跑的孩子们。这热闹的景象让成濑确信,心动夏日祭已经成功启动。

舞台表演的第二个节目是木通幼儿园大班小朋友的歌唱表演。天真烂漫的孩子们欢快地走上舞台。

"我们以前上的也是木通幼儿园。记得十二年前我们也在心动夏日祭上唱过歌。好令人怀念啊。"

当时的情景依然历历在目。那年唱的是《数字歌》，唱到最后大家累得歌词都有些记不住了，只有成濑准确无误地唱到最后。

"下面有请木通幼儿园的小朋友们为我们献上两首歌——《我的果汁饮料》和《彩虹》，大家欢迎！"

看着这些孩子们挥舞着小手唱歌，成濑心中涌起一股慈母般的情感。一想到这些孩子中的大多数将来都会离开心动地区，成濑不禁有些难过。

接下来是闪耀中学乐队、市民馆合唱团，以及自发组织的三弦琴手和杂耍表演者等轮番上台演出。他们这些人明年是否还会在这里表演是一个未知数。下一年参加夏日祭的人肯定不会和这一次完全一样了。想到这里，成濑的眼眶湿润了。她赶紧摇摇头，试图驱散这些忧伤的思绪。

第一部分的舞台节目告一段落，接下来的第二部分是心动坡绘画比赛颁奖仪式。

颁奖仪式由比赛主办方绘画教室主持，ZEZEKARA可以回到执委会主帐篷稍做休息。

"辛苦了。要不要吃点东西？"

酒铺的阿姨送来了摊位卖的炒面和炸鸡块，她们表示感谢后，欣然收下了。

"我每年都觉得，这里的炒面味道很独特，只有在这里才吃得到。"

"是吗？我倒没吃出有什么不同。"

就在两人边吃边聊时，忽然听到有人叫道："美雪，美雪！"

"啊！你们也来了？"

几天前在惊驴餐厅遇到的女生们走到了岛崎跟前。

"我们已经看过节目单了。发现还有你们的漫才表演呢。"

"没错。"

对于她们能来参加心动夏日祭，成濑心里充满感激。以往在这种情况下，成濑是绝不会主动开口的，但现在她已经不自觉地站了起来。

"我是岛崎的搭档成濑。希望我们一会儿表演漫才的时候，你们可以来看看。"

岛崎的朋友们似乎没有预料到成濑会跟她们说话。其中站在前面的丸子头女生面带笑容地回答道："好的，我们一定会来看的。"

"那，待会儿见。"

说着，这几个女生挥手向岛崎告别。

"岛崎，我好像总是把你牵扯进各种事情里。"

成濑突然说道。

岛崎满脸困惑地反问："什么？"

"你上次不就是因为参加夏日祭的筹备会议，才错过了跟她们在一起吗？我在想，你是不是因为我牺牲太多了。"

岛崎笑着摇了摇头。

"怎么会呢。漫才也好,主持也好,如果我想拒绝谁也拦不住。之所以参与这些事情,是因为和你在一起让我感到自信,让我相信自己能做到。"

"可是,我很多地方都做得不好……"

成濑开始自责,想到了之前半途而废的漫才,因为中途剪掉头发而未完成的实验,似乎每一次决定放弃的时候都没有顾及一直陪在她身边的岛崎的感受。

"我一直都很开心的。"岛崎说道。

成濑看着岛崎平和的表情,默默地点了点头。其实成濑一直以来也很开心,但她从来没有表达出来。因为她担心一旦说出口,一切都会结束。虽然两个人即将分隔千里,但想着自己和岛崎仍处于同一片天空下,这就足以让成濑继续坚定前行。

"接下来是ZEZEKARA的漫才!请大家热烈欢迎!"

幸运大抽奖活动结束后,吉岭为成濑和岛崎的节目做了介绍。两人走上舞台,站到舞台正中间的麦克风前,一起竖起食指挥向昏暗的天空。

"从膳所走向世界!我们是ZEZEKARA,请多指教!"

或许是因为抽奖环节刚刚结束,仍有许多人在舞台前驻足观看。

借着舞台的灯光,她们看到了那些熟悉的邻居和岛崎的朋友们。

"今年,我们就要参加高考了。"

"没错。我们要参加平和堂三级的考试。"

"是大学考试！什么平和堂考试？"

"平和堂那个报时主题曲叫什么？"

"你是指那个'当啷当当当啷当当当'的旋律？它有曲名吗？"

"答案是 SF22-39。"

"这三级考试也太专业了吧！"

"一级可是要考实操业务呢，从订货到上架都有所涉及。"

"这哪是资格考试？简直就是员工培训啊。"

"考试费当然得用 HOP 货币[1]支付。"

平和堂的段子虽然并未引起爆笑，但也收获了不少笑声。成濑望向观众席，隐约中看到了自己的妈妈在替自己紧张的神情。而在她旁边，岛崎的妈妈则满脸笑容。成濑想，也许在两百年后，当她离开人世时，脑海中闪过的回忆也会包含现在这一幕吧。

"就说到这儿，谢谢大家！"

两人向观众鞠躬致谢，观众们回以热烈的掌声。成濑很高兴能把 ZEZEKARA 的最后一次漫才表演献给心动地区的居民们。当她心满意足地抬起头时，稻枝和吉岭各自拿着一束手捧花登上舞台。

"演得太棒了，辛苦啦！"

---

[1] HOP 货币是指平和堂推出的一种电子货币服务，顾客可以通过 HOP 应用或 HOP 卡使用这项服务。——译者注

稻枝红着脸将红色的花束递给了成濑。而岛崎则从吉岭手中接过了黄色的花束。这就是所谓的惊喜吗？两人一时都不知如何是好。这是她们第一次收到鲜花礼物。

"今年ZEZEKARA就要解散了。感谢大家一直以来的支持。"

成濑双手拿着花束表达着感激。她看了一眼旁边的岛崎，只见她脸上露出了仿佛被突然打了一拳的错愕表情。成濑心想也没必要这么惊讶吧，但紧接着，岛崎困惑的声音通过麦克风传遍全场："ZEZEKARA要解散吗？"

"你不是说你要搬家嘛。"成濑回应道。

"但我从来没说过我要退出ZEZEKARA啊。我本来打算下次夏日祭时回来继续担任主持人呢。"

这回轮到成濑吃惊了。回想起来，岛崎好像只说过自己要搬到东京去，至于ZEZEKARA的未来怎么样，确实没有提过。台下的观众望着这边，似乎不清楚究竟发生了什么。

"对不起，是我搞错了！ZEZEKARA不解散！"

成濑在麦克风前更正刚才说的话。而岛崎突然笑了起来。

"真是的，你在搞什么名堂啊！"

岛崎笑得已经止不住了。

"请大家继续支持ZEZEKARA。"

成濑跟着岛崎一起鞠躬。在居民们温暖的掌声中，成濑感到了由衷的喜悦，她很高兴明年她们还能以ZEZEKARA的身份站到这个舞台上。

"最后一个节目是大家一起跳江州音头。我们还准备了零食礼物，送给参与舞蹈的小朋友们。让我们一起尽情地跳舞吧。"

成濑和岛崎也走下舞台，加入到舞蹈队列中。一群小学男生高喊着"从膳所走向世界!"，并模仿着ZEZEKARA的手势，成濑也给他们回了一个同样的"从膳所走向世界!"。

吉岭向她们挥手道："明年的夏日祭，也拜托你们了。"稻枝则带着歉疚的微笑说："又要麻烦你们了。"此刻岛崎已被她的朋友团团围住，大家都在夸赞："你们的漫才好有趣啊!"

不远处，成濑的妈妈和岛崎的妈妈也加入了舞蹈团。

成濑仰望着夜空，过了片刻，会场响起了江州音头的序曲。不知不觉中，岛崎已经站在了成濑的身边。成濑紧握手中的花束，伴着江州音头的旋律，尽情地舞动了起来。

图书在版编目（CIP）数据

成濑要征服世界 /（日）宫岛未奈著；许永兰，尹凤先译. -- 南京：江苏凤凰文艺出版社，2024.10.
ISBN 978-7-5594-8852-7

Ⅰ. I313.45
中国国家版本馆 CIP 数据核字第 2024CM0885 号

江苏省版权局
著作权合同登记章
字：10-2024-233 号

NARUSE WA TENKA WO TORINIIKU by MIYAJIMA Mina
Copyright ©Mina Miyajima 2023
Illustration©ZASHIKIWARASHI
All rights reserved.
Japanese edition published in 1969 by SHINCHOSHA Publishing Co.,Ltd.Tokyo.
Simplified Chinese translation rights arranged with SHINCHOSHA Publishing Co.,Ltd through BARDON CHINESE CREATIVE AGENCY, Hongkong.
Simplified Chinese translation copyrights ©2024 by Ginkgo(Shanghai)Book Co.,Ltd.,China.

本书中文简体版权归属银杏树下（上海）图书有限责任公司

成濑要征服世界

［日］宫岛未奈 著
许永兰　尹凤先 译

项目统筹	肖　恋
责任编辑	曹　波
特约编辑	何小芳　张　甜
装帧设计	墨白空间·黄怡祯
出版发行	江苏凤凰文艺出版社
	南京市中央路 165 号，邮编：210009
网　　址	http://www.jswenyi.com
印　　刷	天津雅图印刷有限公司
开　　本	787 毫米 × 1092 毫米　1/32
印　　张	7
字　　数	123 千字
版　　次	2024 年 10 月第 1 版
印　　次	2024 年 10 月第 1 次印刷
书　　号	ISBN 978-7-5594-8852-7
定　　价	52.00 元

江苏凤凰文艺版图书凡印刷、装订错误，可向出版社调换，联系电话 025-83280257